徳 間 文 庫

第Ⅱ捜査官

虹 の 不 在

安 東 能 明

徳 間 書 店

目次

死の初速

1

消防を通じて警察無線による投身自殺の報が入ったのは、午後八時を回っていた。今晩は何事もありませんようにと祈ったばかりなのについていない。そこにもってきて身投げ……。報告書に目を通すふりをしながら、じっとしていると、課長席から倉《くら》持忠一《もちちゅういち》のだみ声が飛んできた。

「西尾《にしお》、神村《かみむら》と行ってこい」

こんな日に限り、課長が月に一度の宿直責任者なのだ。

「あ、はい」

あわただしく席を立ち、ふとそちらを眺めるといない。

神村先生はどこへ消えた？

つい、いましがたまで、本を片手に詰め将棋をしていたが、どこにも姿が見えない。

トートバッグを肩に下げ、胸ポケットの警察手帳をたしかめてから、西尾美加《みか》は刑事課を出た。

当直態勢に入って、蒲田《かまた》中央署内は静まりかえっていた。

四階まで上がり、男子当直室のドアをそっと開けて覗《のぞ》き込む。

半分ほど開かれた襖《ふすま》の向こうに、芋虫のように毛布をぐるぐる巻きにして、ミイラのごとく仰向《あおむ》けで横になっている男の寝姿があった。まだ遅番の人たちでさえ、休みを取る時間帯ではないのに、もうこの体たらく。

靴を脱いで上がり、毛布をはいだ。

完全に寝入っているらしく、二度三度名前を呼び、肩を揺り動かす。

「……おお西尾」

ようやく目が覚めたらしく、いつものとおり半笑いの目になる。

神村五郎《ごろう》はほかでもない西尾の高校時代のクラス担任。元物理の高校教師なのだ。それが刑事に転職し、こうして西尾と同じ職場にいる。本年、三十八歳。階級こそ巡査長だが、捜査能力が図抜けていて、署内では署長に次ぐ発言力を持っていることから第二捜査官と呼ばれている。きょうは黒シャツの上にインディゴベストを着ている。

「先生ったら、特急で眠っちゃうんですね」

「むー、せっかく寝ついたところなのに」

ごろりと横向きになったデニムの尻ポケットから、スマートキーがぽろりとこぼれる。それを拾い上げ、嫌がる神村五郎《ごろう》をせき立てて、署の裏口から出た。

密度の濃い雨が降《ふ》っている。クラウンアスリートに乗り込むまでに、着ていたデニムのジャケットは湿ってしまった。

行き先の地番を調べるまでもなく、警察無線が盛んにその場所を繰り返している。

そのマンションは、蒲田駅のほぼ真北一キロほど、呑川《のみかわ》に面して建っている。住宅が立て込み、車の通れない路地が多い場所なので、川の西側から大回りして行くほうがよさそうだ。五月六日金曜日。大型連休のなか日だが、刑事の身分ではふつうのウィークデーに変わりはない。休みがまとまって取れるのは月末になる。

あやめ橋を渡ったあたりで、神村がようやく気づいたふうに、顔に張りついた水滴をぬぐった。

「……なんだぁ、いつ雨が降ってきた？」

めまぐるしく動くワイパーなど目に入らないらしい。

「一時間ぐらい前、七時過ぎぐらいからだったと思いますよ」

西尾自身も降りだした時間帯は気がつかなかった。

「天気予報、雨だっけ？」

「いえ、薄曇りでしたけど、近ごろの東京の雨はゲリラですから」

「そうかあ、ひどくなりそうだぞ」

フロントガラスに降りかかる雨粒がますます大きくなる。アスリートは神村の専用車だ。

京浜東北線の踏切を渡り、細い路地を走り抜け、呑川にかかる橋を渡る。川沿いの狭い道にパトカーと救急車が縦列駐車していた。その後方、南北の細長い敷地に六階建てのマンションが建っている。

巡査に案内されて、先にある公園に車を置き、傘《かさ》を差して現場に戻った。川に沿った道は細く、出歩く人の姿もない。ふだんから車の交通はないはずだ。蒲田駅を使う通勤客も、一本西にある商店街の道を通る。

マンションを見上げる。すべての窓はぴったり閉じられ、申し合わせたように内側からカーテンが引かれている。投身自殺の報はマンションじゅうに知れ渡っているらしいが、野次馬は皆無だ。

各部屋は鉄柵が渡された古い型のベランダが設けられ、パーテーションで区切られている。その内側にあるサッシ窓も年代物だ。築二十年、いやもっと経過しているだろう。一階に七戸あるから、全戸で四十世帯くらいだ。

マンションは生け垣で取り囲まれ、三カ所に白い花の咲いた高木が植えられている。ハナミズキだろう。その真ん中の木の下に、青いビニールシートが広げられ、中でライトが光っていた。山茶花《さざんか》の生け垣をくぐり抜け、シートの中を恐る恐る覗き込んだ。

先着している地域第二係の川原秀次《かわはらしゅうじ》係長と部下の巡査が、シートを持ち上げて支えていた。その下でふたりの救急隊員が、うつぶせに倒れている男性の頸動脈《けいどうみゃく》に手をあてて脈を取っている。男性は建物から一・五メートルほど離れたところに、建物と平行する形で横たわっている。小柄な人だ。

奥で背の高い白髪の男性が心配げな顔で見守っている。

雨具を身につけた川原が美加をふりむき、

「こちら、通報したマンション管理組合理事長の山崎《やまざき》さんだ。落ちた人を確認してもらった」

ごくろうさまです、と声をかけて、中に入る。

「六階のアマノタツヤさん……たぶん即死だな」

と川原は倒れている男性を見下ろす。

アマノタツヤの漢字を天野達哉と教わる。

大粒の雨粒がシートを叩《たた》く。

倒れた男性の顔半分がこちら側を向き、目は閉じられている。濡《ぬ》れて乱れた長い髪が額《ひたい》に張りつき、鼻のあたりから出血しているようだが、雨のせいでよくわからない。

リネン素材のパジャマはずぶ濡れで血はついていないようだ。

六階から飛び降りたなら、激しいショックで死と直結したはずだが、芝生《しばふ》のおかげで表面的な損傷は少なかったようだ。しかし、骨も内臓もひどくやられているだろう。

「ご家族はいらっしゃいますか？」

「奥さんが上の住まいにいる。六〇四号室だ」

腰を折り、死体を眺める川原の制帽から雨の雫《しずく》がしたたり落ちる。今年五十歳になったばかりのベテランだ。

「脈ないですね」救急隊員が立ち上がり、もうひとりに声をかける。「担架頼む」

言われた救急隊員がシートから出ていった。

心肺停止状態でも、いちおう蘇生《そせい》は施《ほどこ》さなければいけないので、これから病院に向かうはずだ。

「発見者はどなたですか？」

「落ちたとき、かなりの音がしたらしくてさ、そこの」川原はカーテンの閉じられた部屋を指した。「マルヤマさんの奥さんが窓を開けて見つけた」

「びっくりされたでしょうね」

「すぐわたしの家に電話がありましてね。そりゃ驚いてましたよ」

理事長の山崎が口を開いた。

「音がしたのは午後八時二分でよかったですね？」

川原が山崎に訊《き》く。

「はい、テレビ見てたそうです。コマーシャルが終わって、番組が始まったところだったみたいですから」

ならば、転落したのは八時を少し回ったころだろう。いまは八時二十分だから、通報から十五分そこそこ経過している。

川原がシートを片手で支え、空いたほうの手を、シート越しに真後ろに立っている木にあてがう。

「ほかの住民の方々は？」

「もう出てこない、出てこない。天野さんの奥さんも、ついいましがた帰ったばかりだったしな」

「帰ったばかりというと？」

「自殺した直後に帰宅したんだよ。人だかりがするんで見てみたら、旦那だったわけだ。かわいそうに」

「ショックだったでしょうね」

「顔を見て、すぐ旦那だってわかってさ。臨場したとき、理事長さんとふたりで傘さして待っていたよ」

ひどい、と美加は思った。

この雨の中、まわりの人たちは怖《こわ》くなって、ひとりまたひとりといなくなり、理事長に付き添われて取り残されたのだ。

「ほかにご家族は？」

「小学校四年生の男の子がいるはずですけど」

理事長が答える。

「その子、大丈夫ですか？」

「取り乱しちゃいないみたいです」

「遅れましたあ」

ジュラルミンケースを抱えた鑑識係員の志田進《しだすすむ》巡査部長が入ってきて、現場写真を撮りだした。手先の器用な三十五歳。長い髪をネットでまとめている。

残っていた救急隊員が理事長に「ここがすみ次第、病院に運びますので、奥さんを呼んでいただけますか」と声をかけた。

そういえば先生は？

外を見ると、シートのすぐ横で神村がゴルフ用の傘を差し、手持ちぶさたに側溝や壁を眺めていた。事件ではないから、遺体に興味がないのだろうか。

五郎ちゃん、と川原に呼ばれて、しぶしぶシートに入ってきた。

フラッシュの光を避けるように、片手で顔を覆《おお》ったままだ。

入れ替わりに理事長がテントから出ていった。

「あ、川原さん、お疲れ」

と神村が声をかけ、傘をたたんで、息をしない男の脇でしゃがみこんだ。

川原から身元や転落時間を教えられる。

「写真撮ったら、病院へ運ぶからさ」川原は言った。「どう、何かある？」

「ああ——別にぃ」

言いながら、神村は横たわる男の太腿《ふともも》をつかんで、揉《も》むような動作をする。感触を確かめているようだ。

「うん、飛び降りに間違いないね」

と御託《ごたく》を並べる。

落ちた衝撃で、骨が粉々に砕け散っているのがわかったのだろう。

男性は小柄で痩《や》せている。

神村は血で濡れた顔に自分の鼻を近づける。

「何か酒臭いね」

「すごいね、五郎ちゃんの嗅覚。まるで警察犬なみだ」

と川原が感心する。

「連休中ですし、ご自宅でゆっくり酒を呑《の》んでいたんですよ」

美加が言った。

「ほう、どうしてわかる？」

神村が訊いてくる。

「パジャマを着てるじゃないですか。いつでも横になれるように。寝ていたかもしれないし」

「ふーん、リラックスしてか」

「はい」

「ご満悦気分のところにもってきて、飛び降り？　どうなんだろうね、川原係長？」

川原は顔の雫をぬぐいながら、

「さあ、どうかな。ホトケに訊かなきゃ、わからんぜ。衝動的にわっと飛び降りるのも多いからさ」

「衝動的ねえ」神村が志田の背中を叩く。「シダちゃん、こっちこっち。頭のほうからも撮ってよ」

「はいよー」

言われた通り、志田が頭頂部側に回った。建物が入る位置まで下がって写真を撮る。

神村は傘を差しながらシートから出て、マンションを見上げ、死体に目を落とす。またシートに入ってきて、志田とともにメジャーで死体の位置の計測を始めた。頭にあてがい、志田が建物との距離を測る。

「えっと、一四六センチメートル」

「はい、次」

ふたりは腰のところに移動する。

「こちらは一四五センチメートル」

脚はやや広がっているので、建物と近く、つま先部分で、一二二センチと志田が声を上げる。

「……肉体の受ける損傷は、転落した高さの二乗に比例する」

またぞろ、神村の口から物理用語がこぼれる。

神村は、志田とともにシートから出て、ハナミズキと建物の距離の計測を始めた。仕方なく、その横について見守る。神村も志田もずぶ濡れだ。

死体はともかく、そこまで、やる必要があるのだろうか。写真に収めれば十分なような気がする。少し離れたところからハナミズキを見上げる神村の元に寄り、その視線の先を見る。ハナミズキの枝は、建物と一番近いところでも二メートル以上離れている。折れている箇所もないようだ。

「落ちてくるとき、木には当たらなかったんですね」

「そうみたいだな」

転落者はこのハナミズキの木と建物のあいだに落ちたのだ。

神村はまたシートまで戻り、倒れ込んだ男を見たまま動かなくなった。

「あの先生……どうかしました？」

「わかるか？」

「はっ、何がですか？」

神村は死体を指さす。

「ホトケのこの姿勢」

言われてあらためて倒れている男に目を移す。

「姿勢がどうかしましたか？」

飛び降りたのがはっきりしているのに、何を言いたいのだろう。

「どうして平行なんだ……」

つぶやくような神村の声。

「平行じゃ、いけないんですか？」

神村は、降りかかる雨も気がつかないように、じっとしたままマンションを見上げている。

「しかも、うつぶせだ」

ぽつりと神村はこぼした。

つきあいきれない。

奥さんや子どもが気にかかる。

「あの、何か気になるなら警察犬でも呼びますか？」

と美加はつい、言葉が出てしまった。

「そうだな、警察犬を呼んだほうがいいかもだな」

「ええ、でも……」

単純な投身自殺なのに、捜査じみた対処はこの際不要。

ここは遺族の面倒見が何よりも大事な場面だ。しっかり事情も訊かないといけない。

「五郎ちゃん、もういいかい？」

川原に言われて、神村はようやく気づいたとばかり、

「あ、けっこうですよ」

と答えた。

救急隊員が手早く男を担架にのせて、シートから運び出す。巡査が雨に濡れないように傘を差しながら、救急車まで運ぶのを手伝う傍《かたわ》らで、神村は名残《なごり》惜しげに男が倒れていた場所に立ったまま、建物を見上げている。

救急車の脇で理事長の山崎が、傘を差して突っ立っていた。

天野さんの奥さんは来ないのかと尋《たず》ねると、

「チャイム押したんですけど、出てこないんですよ。きっとショックなんだ」

と山崎は答えた。

仕方がない。連れてこなければ。

2

山崎に同道を求めて、その場から離れた。

「落ちたとき、すごい音だったみたくてね」理事長が言う。「ドンっていう、車のドアを閉めるような感じだったみたいですよ」

「管理人さんはいらっしゃいます？」

「夜間はおりません。このとおり古いですから」

築二十八年だと言う。マンション北側のエントランスは、古い両開き式のガラス戸だった。オートロックもなく、山崎について中に入った。管理人室に人はいない。防犯カメラの映像などを見るのは明日になるだろう。

右手に集合ポストが並んでいる。段差のあるところに応急で取り付けたようなスロープがあり、腰の曲がった小柄な老女がカート型の歩行器を使って、ゆっくりと上がっていた。山崎が声をかけて脇から支え、エレベーターに一緒に乗り込む。「もう、救急車で運ばれていきましたからね」と山崎がしきりに老女に声をかける。

「ああ、そう、ならよかったけど」

老女は二階で降りた。井上富江《いのうえとみえ》という七十五歳になる女性で、ひとり暮らしをしているという。天野さん一家と親しくて、一階まで降りてきて、見守っていたんですよと山崎は言い、ポケットから住民名簿を取り出した。

名簿には天野波恵《なみえ》、雄太《ゆうた》とある。

「入居されたのはいつになりますか？」

「二年くらい前ですかね。飛び降りた達哉さんは地元の信用金庫に勤めてます。お母さんは、持ち帰り弁当屋さんで働いているはずですよ」

山崎は蒲田駅西口近くにある大手チェーン名を口にする。

「奥さんは自転車か何かで通っていらっしゃいました？」

「いや、自転車は持っていませんよ。徒歩ですね」

六階で降り、開放型の廊下を歩いて六〇四号室の前に来た。

鉄製の頑丈《がんじょう》なドアの前で、山崎が呼び鈴を鳴らすと、しばらくして、応答があった。

「天野さん、理事長の山崎です。警察の方が見えられていますよ」

小さな返事があり、頑丈そうな鉄扉が内側から開いた。

髪をうしろでひっつめにした女が顔を覗かせた。三十代後半だろうか。

洒落《しゃれ》っ気のない白のTシャツを着ている。

お辞儀《じぎ》をして、

「天野波恵さんでいらっしゃいますか？　蒲田中央警察署の西尾と申します。お話しさせていただけませんか？」

と言ったものの、波恵は放心したように、その場で背を見せた。覚束《おぼつか》ない足取りで居間に戻ってゆく。

「失礼します」

山崎に先んじて部屋に上がる。

波恵は居間のテーブルの前で椅子《いす》に浅く腰掛け、両手を垂らしたまま、呆然《ぼうぜん》とした顔で壁と天井の際のあたりに目線を当てていた。太めの体型だ。ストレッチパンツをはいた腰元がきつそうに見える。髪の一部がほどけて、肩に垂れていた。ショック状態から抜けきっていないようだ。

「波恵さん」美加は中腰になり、声をかける。「ご主人、救急車で大森《おおもり》にある東和医大病院に運ばれます。同乗していただけませんか？」

言葉が通じないみたいに、波恵の応答がない。

急いでいるのだ。ぐずぐずしていられない。

玄関にいる山崎に、あとから追いかけますので、救急車を先に送ってくださいと申し伝えると、山崎はそそくさと出ていった。

居間に戻り、波恵の肩に手をあてがい、同じ言葉を繰り返したが、波恵は動こうとしなかった。

リビングの窓を開けて、ベランダを見る。コンクリートの床に雨が降り込んで、びっしょりと濡れている。そこそこ奥行きがあり、大人の胸くらいの高さの鉄柵が渡され、パーテーションで遮《さえぎ》られて左右の部屋は見えない。

左の隅に洗濯カゴがあるだけで、ほかにものは置かれていない。大人用のスリッパがひと組、きちんとそろえて置かれているだけだった。

これでは、指紋も採《と》れない。現場検証は明日以降だ。

窓を閉めてリビングをふりかえる。

奥の台所もリビングも、きちんと片づいて、チリひとつ落ちていない。

テーブルの上に魔法瓶《まほうびん》とおでんの入った鍋がある。波恵の前に、半分かじったはんぺんと卵、そして箸《はし》が直接テーブルの上に置かれていた。缶ビールが三本と呑みかけのビールが残ったコップも並んでいる。床にも半分ほどなくなったペットボトルの焼酎《しょうちゅう》がある。飛び降りた達哉の座っていた場所のようだ。

向かい側にも取り皿と茶碗があり、子ども用の箸が直接、置かれていた。波恵の分は出ていないから、父子ふたりで、夕食の膳《ぜん》を囲んでいたようだ。

達哉は食事中に身を投げたと見て間違いない。呑み過ぎて錯乱したのだろうか。

子どもの食器はまだ使われていないようだ。

右手のサイドボードの上に置かれたテレビがつけっぱなしになっている。

「あの、お子さんはどちらに？」

問いかけると、波恵は「あ、雄太ならそっちに」とテーブルの向こうの襖を指した。

小さな電子音が洩《も》れる、締め切られた襖を引いて中を覗く。

体格のいい子どもが、こちら向きにしゃがみこんでいた。両手でパドルを抱えて、めまぐるしく指を動かし、目の前のテレビを食い入るように見ている。テレビゲームに熱中しているようだ。

襖を閉めて、波恵の耳に顔を近づける。

「お子さん、ずっとゲームしていましたか？」

「そう思います」

「お父さんが身投げしたときも？」

「……たぶん。わたしが上がってきたときも、してましたから」

「ご飯を一緒には食べなかったんですか?」

ふと波恵は顔をそらした。

「……あの子、父親とは食べないんです」

何か事情がありそうなので、それ以上訊くのはやめた。

確かめてみますから、と言って隣室に入り、「ちょっといい?」と呼びかけながら、少年の横にしゃがんだ。

「ゲーム、止めていい?」

少年はようやく美加と顔を合わせ、うん、とうなずきながら、ゲームの電源を落とした。

「わたし、警察官の西尾と言います。えっと、雄太くん?」

「うん」

仏像のように表情のない顔だ。ベリーショートの髪が、どことなく体型にそぐわない。

「えっとね、お父さんのこと知ってる?」

陽《ひ》が翳《かげ》ったような表情になり、目をふせた。

「落ちた？」

と雄太が心細げに口にする。

「そうなの」美加は気遣《きづか》いながら続ける。「お母さんから聞いたと思うけど、お父さん、ここから飛び降りてしまったの。雄太くん、お父さんがベランダに出て行くの見た？」

雄太は首を左右に強く振り、否定した。

「ずっと、ここにいた？」

雄太はうなずき、ゲームのパドルを掲《かか》げた。

「これやってた」

「ご飯は、お父さんと一緒に食べなかった？」

「お母さん、待ってた」

「そうか、お母さんと食べるんだね」美加は襖を指した。「じゃあ、そこも閉まっていた？」

「うん、お母さんが開けた」

ゲームにはまっていたので、気がつかなかったのだろう。

母親から父親が投身自殺したのを知らされて、ようやくわかったのだ。ただ、母親もあの調子だから、はっきりと承知できていないかもしれない。

雄太は頰《ほお》に少しずつ赤みが増し、パドルを持つ手がぶるぶる震えている。内心では動転して、何をすればよいのかわからないようだ。

懐《ふところ》のスマホが震えた。倉持課長からだ。

神村が苦手なので、美加にかけてくるのだ。

部屋の隅に寄り、オンボタンを押す。

状況を訊かれて、投身自殺にほぼ間違いありません、病院に搬送《はんそう》中ですと小声で答える。

「よし、病院で適当に検視しとけ」

あっさりと通話が切れる。

あっ、とリビングで叫び声がしたので、あわてて戻った。

波恵がスマホを握ったまま、金縛りに遭《あ》ったように見入っている。

後ろに回り込み、スマホのモニターを覗き込んだ。

メールのようだ。

ごめんなさい。

悪い父親でした。

たった二行。

送信者は天野達哉。送信時間はきょうの午後七時五十八分。

「ご主人の携帯あります？」

美加が訊くと波恵は部屋をきょろきょろ眺め、テレビのサイドボードの上にあるスマホに目をとめた。

「あれですね？」

素早く動いてスマホを手に取り、メールのアイコンを押した。

同じ文面のメールが送られている。時間帯もぴったり一致している。

これって遺書になる？

ふと左手で動くものがあった。神村だ。

リビングの奥にある台所で、たこ足配線になっている壁のコンセントを調べている。

その目前にスマホを差し出した。

「先生……」おっと、いけない。「ご主人が奥さん宛《あて》に送ったメールです」

「ほう」

ちらっと文面を見ただけで、ゴミ箱の中をあさり、テーブルの上に置かれたものを見ている。

仕方がなく、波恵に同僚の警察官ですとことわりを入れた。

そんなことより、一刻も早く連れ出して、病院に連れていかなくてはならないのに。

神村は、台所の入り口の壁際に置かれたビールの箱が気になったらしく、ふたを開けて中を見たり、あげくは底までも覗き込んでいる。テーブルに置かれたものと同じ銘柄の二十四本入りケースだ。濡れてるな、などとつぶやいている。

まったく、つきあいきれない。

さらに、この雨の中をベランダに出た。あちこち眺め、ガラス窓に張りついたかと思うと、「奥さん、ここ割れていますよ」などと声をかけてくる。

つられて動いた波恵とガラス窓越しに対面する形になり、「ほらここ、ね？」などと呑気《のんき》に言っている。

よくよく見れば、五センチほどの亀裂が走っているだけだった。何やら、白っぽいものがついているようだが、ほこりだろう。

波恵がガムテープを持ってきて、応急処置を施そうとしたので、「あ、ちょっと待っていただけますか？」と美加は声をかけた。「明日、こちらの現場検証をさせていただきたいので、何も触らないでくれませんか」

「あ、はい」

おずおずと波恵は引き下がった。

神村は室内に戻ってきて、今度は風呂場に入った。

干しっぱなしの洗濯物を眺め、ふむふむとうなずいたりしている。

そうかと思えば、雄太のいる部屋の押し入れを開けて、中に収《おさ》まっているものをいちいち確認したりしている。横長の大きな登山用のリュックサックや衣服のつまった衣装ケースなどがある。

これ以上、つきあってはいられない。

波恵をせき立てて、神村とともに部屋を出る。雄太は家に残るという。

課長の指示を神村に伝え、アスリートの後部座席に波恵を座らせた。

一方通行の多い地域なので、来た道とは別ルートで病院に向かう。いったん南に進路を取った。

「波恵さん、ご親戚やお知り合いの方はいらっしゃいませんか？」

ハンドルを握りながら、ショックが冷めきらない天野波恵に尋ねる。

「わたし、兵庫出身なものですから」

と言葉少ない。

「ご主人のご実家には連絡されました？」

「いえ」

「どちらになります？」

神村が心配げに口をはさむ。

「高崎。病院に着いたら電話します」

ご主人の勤務先にも連絡を入れたほうがいいですねとアドバイスする。

私立工科大学のそびえ立つような校舎ビルの西側を走り、多摩堤《たまつつみ》通りに出る。ＪＲの線路の通るトンネルから西蒲田へ抜けた。

「奥さんが仕事からお帰りになった時間は何時になりますか？」

ルームミラーで波恵の顔色を窺《うかが》いながら、美加が訊いた。

「八時すぎです」

「正確な時間はおわかりですか？」

「弁当屋を出たのは七時五十分くらいでしたから。歩くとだいたい十二、三分かかります」

では、マンションに着いたのは、八時三分前後ぐらいか。

勤務時間は朝の十時から晩の七時四十五分までで、火、木、金と週三日通っているという。連休は関係ないと言った。

信用金庫に勤める夫の達哉はカレンダーどおりの休日で、おでんは今朝《けさ》、出かける前に作っていったという。

「もうそれくらいにしとけ」

神村にたしなめられて、質問をやめた。

医大病院の救急病棟には、二名の警官が待ち構えていて、診断を終えていた医師と引き合わされた。

蘇生を施したものの、息は吹き返さず、死亡時刻は午後八時二分となりますと医師から宣告される。病院のパジャマ姿に着替えさせられた遺体とともに霊安室に赴《おもむ》き、ベッドに安置した。白布で覆《おお》われた遺体の顔を波恵は見ようとしなかった。

これから、検視を行いますので、外で待機していてくださいと神村が波恵に言い渡すと、警官に付き添われて部屋から出ていった。

鑑識課の検視官を呼ぶ必要はないと神村も判断したようだ。

いよいよ検視になる。あまり見たくないが、職務上避けて通れない。

神村とともに、遺体のパジャマを脱がせて全裸にする。

顔の右半分の擦過傷がひどいものの、体のほかの部位の損傷はそれほどでもない。

神村がベッドの上にのり、遺体の上にまたがって、両手で太腿を持ち上げてゆすった。

「骨がばらばらだな」

腰のあたりも同様にして確認して、ベッドから下りる。

「ここだな」

神村は胸から大腿部《だいたいぶ》を指した。胸元のあばら骨に沿うように赤茶けた皮下出血が見られ、左右両方の大腿部にも、縦長に同様の皮下出血が浮き出ていた。

「辺縁性の出血になるぞ。わかるな？」

神村から確認を求められる。

「あ、はい……ものすごい圧力がかかって、骨が押し出されたとき、骨の形どおりの皮下出血が生じる……高いところから飛び降りたような場合に」

「そのとおり。内臓も骨も、体内でばらばらになってる。間違いなく、飛び降り自殺だ」

わかりきったことなので、あらためて言われても、どうということはない。

「明日はマンションの現場検証ですね？」

「天気はどうだっけ？」

「晴れだったと思います」

「じゃ、朝イチだな。奥さんに伝えておけ。ベランダのものはいっさい触るなって」

「わかりました。ご遺体の修復が上手な葬儀社もお教えしますね」

「おう、頼む」

神村を残して、外に出た。

警官に付き添われて、ソファに座り込んでいる波恵は、生気が抜けたような表情で床を見下ろしていた。

3

神村とともに病院を出たのは午後十時を回っていた。

遺体は葬儀社が引き取っていった。通夜《つや》は行わず、明日、一日葬を執《と》り行うことになったと葬儀社の係員から告げられた。別れ際、波恵に、明日の午前中に、マンションへ現場検証に出向くので、そのときは自宅にいてほしい旨《むね》伝えて、別れたのだ。

「あの先生、遺体が落ちていた向きについてですけど、建物と平行だと……何かおかしいですか？」

「飛び降り自殺は足から落ちる、頭から落ちる、水平に落ちる。この三つしかない」

「……ですね」

今回は水平に落ちたので、遺体の骨や内臓がぐちゃぐちゃになったのだろう。

頭から落ちれば頭蓋骨《ずがいこつ》が割れて、脳が飛び出し、原形を留《とど》めていないはずだ。

足から落ちれば、足の骨が折れ、尻が地面に接触してから前のめりに倒れて首の骨が折れる……という程度の知識はある。しかし、これまでそうたびたび投身自殺の現場を経験していないので、それ以上はわからない。

「西尾、おまえが投身自殺しようとしたら、どれを選ぶ?」

「えっ、わたしがですか……」どれも、考えたくはないけど、あえて選ぶとするならやはり。「たぶん、足から落ちると思います」

「そのとおり」力強く神村は言った。「十人中九人はそうする」

「残りの一人は?」

「誤《あやま》って足を踏み外すなりして、バランスを崩した場合、背中や頭を打つ」

「じゃ、今回も?」

「先走るな。足から落ちたときの死体の向きはどうなる?」

「足から腰の順に着地して、前のめりになるから、建物とは垂直方向にうつぶせに倒れ込むと思います」

「違う。落ちた拍子に前のめりになって、体がくの字に屈曲して、胸に太腿がぶち当たり、その反動で上半身はうしろ側にバウンドする。そうなればどうだ?」

「建物と垂直方向に仰向けになる?」

「そうだ。かりに、今回の場合も足から落ちたと仮定してみれば、どうなる?」

「やっぱり、建物と垂直方向に仰向けで横たわっているはずですね」

だから、神村は建物と平行で、しかもうつぶせになっていたのが奇妙だと感じたのだろう。

「遺体はほぼ建物と平行でしたから、ベランダから同じ姿勢で落ちたんでしょうか?」

「ベランダの鉄柵を見なかったか?」

「見ましたよ。五センチくらいの細い鉄骨でしたけど」

「あそこに寝転《ねころ》がってから、落ちたと思うか?」

「それはあり得ません」

「どうして?」

「この雨ですから」

大雨の中、これから自殺しようとする人が、そんなアクロバチックな真似《まね》をするはずがない。

「ではどうやって、今回のケースを説明する?」

ふと思いついた。

「ですから……ベランダの鉄柵にまたがって、足から落ちた。そのあと、マンション前のハナミズキの木に引っかかって、体の向きが変わったんです」

「でも、ハナミズキの木の枝は折れていなかったぞ」

「ですけど……」

木の芯《しん》が強かったのではないか。あるいは、逆にしなやかで折れなかったとか。

「じゃ、先生はあの手すりの上にのって、足を踏み外してしまい、体がうつぶせになったまま落ちたと考えているんですか？」

「あの雨の中だ。そんな面倒なことはしないな」

そこは自分の考えと同じのようだ。

やはり、雨の中、逡巡《しゅんじゅん》しながらも、鉄柵に身を乗り出して上体を預け、そのまま墜落《ついらく》していったと考えれば、さほど間違っていないような気がするのだが。

しかし、神村は腕を組んだまま、悟《さと》りを得られない僧侶のように、考え事にふけっていた。

4

前日の雨はすっかり上がり、翌日は五月晴《さつきば》れの好天になった。

マンションに着いたのは午前九時。まず、管理人からマンションの設計図を見せてもらい、建物の高さやベランダの寸法などをメモした。そして、昨晩の事故が起きた時間帯の正面入り口の防犯カメラの映像も見てみた。午後八時までの三十分間に、六人の住民が出入りしていたが、その中に天野波恵の姿はなかった。裏口の防犯カメラの映像にも、波恵は映っていなかった。

それらをすませて、六階の天野家を訪《おとず》れた。葬儀場からいったん帰宅していた波恵に出迎えられ、さっそく現場検証を始める。

すっかり乾いたベランダに入り、まず鉄柵の高さを測った。

建築基準法の規定と同じく、ぴったり一一〇センチ。大人の胸元の高さだ。

ベランダの奥行きは一四五センチ。横幅は五・六メートル。スリッパと洗濯カゴ以外に、ものはひとつも置かれていない。志田が慣れた手つきで、アルミニウム粉末をつけて、指紋を採取する。

神村は雄太のいる部屋に入って、タンスの引き出しを開け、中身をあらためだした。そこまでやる必要はないのにと思いながら、手伝うしかなかった。

神村は中身をあらためる手を止め、子ども用の半袖《はんそで》シャツを取り出して広げた。雄太の下着だ。それをそのままにして、もう一枚、同じ下着を引き抜いて眺める。

「ちょっと汚れてるな」

と小声で神村は言った。

どちらも前側がうっすらと黄ばんでいるように見える。同じく雄太の普段着も調べてみると、デニムシャツの一枚が、似たように前側がやや黄色がかっていた。

神村はゆうべと同じようにテレビゲームにいそしんでいる雄太の小さな背中にちらちらと視線を送りながら、元のように畳《たた》んでそれらをタンスにしまうと、雄太のうしろにしゃがんで、ゲームを見守った。

廃墟《はいきょ》のような建物の中で、小さなバズーカ砲のようなものを持った子どもが歩き回り、イカのようなキャラクターをバズーカ砲から出る液体で倒してゆくゲームだ。なかなか巧《たく》みな動きをさせて、簡単に次のステージへ進んでいる。

学習机の脇にゲームやけん玉などが収まった段ボール箱がある。机の上にのせられた小さなプラスチックケースが目にとまった。

長さ七センチほどの透明なケースの中に、赤と黒の端子が小さな基板と黒い円盤につながり、真ん中あたりから、片耳イヤホンが出ていた。

手にとってみるが、よくわからない。

「雄太くん、これ何かしら？」

つい訊いていた。

「あ、それ」雄太が立ち上がり、こちらを振り向いた。「ゲルマニウムラジオ」

立った姿勢でも、座り込んだ神村と同じくらいの高さだ。太り気味だけど小学校四年生にしては身長が低いかもしれない。

「ラジオなんだ……」

「西尾も学校でやっただろ」

神村が訊いてくる。

「え、知りません」

「雄太、説明してやれ」

神村に言われて、雄太はやや得意げな顔で、

「それに電線つなげると、電池なくても聴けるんだよ」

とパドルを握ったまま答えた。

「あ、そうなの」

「丸いのを回して、ラジオの電波を拾う」神村がつけ足した。「あとはゲルマニウムが音声に変換してイヤホンで聴けるようになる」

基板に取り付けられている赤っぽい小さなものがゲルマニウムのようだ。

でも、どうしてこれだけ、机の上にでているのだろう。段ボール箱の中には、ほかにもたくさん、おもちゃやフィギュアが入っているのに。

「このラジオ、作ったばかりなのね？」

「うん」雄太が答えた。「学校で」

ラジオを置いて、部屋を出る。

椅子に腰掛けている波恵は、昨晩よりもやや落ち着いている様子だ。

検証が終わり次第、葬儀場に戻って、午後には火葬の手続きをすると波恵は言った。

達哉の両親は葬儀場にいるが、波恵の両親はきょう、用事があって来られないという。

「こんなときに、申し訳ないんですけど、ご主人は以前にも自殺をはかったようなことはありましたか?」

肝心《かんじん》な質問をくり出した。

「いえ、ないです」波恵は途方《とほう》に暮れた顔になった。「もう、信じられない……」

「ご主人は、信用金庫でお仕事は、何をされていましたか?」

「工場回りが多かったと思います」

「預金集めですか?」

「最近は投信の募集で発破《はっぱ》かけられていたみたいです」

投資信託の売り込みは、手数料の半分が信用金庫に入るから、力を入れているのだろう。

「それで、かなりストレスがたまっていたんでしょうか?」

「ないと思います。ほかの人だってやっているし。本人はファイナンシャルプランナーの資格を取るって張り切っていました」

「そうだったんですね……ご主人は、趣味とか空いた時間にされていたことありますか?」

「わたしと一緒になる前は、山登りとかしていたようですけど。いまは仕事帰りに、たまにひとりで、近くの居酒屋で呑むぐらいで。信金とうちのあいだを往復しているだけでしたから」

「まじめでいらっしゃったんですね。お仕事以外で、何かお困りの様子はありませんでしたか？」

波恵は見当がつかないという顔で首を横にふった。

年収を尋《たず》ねると、夫が五百万、自分が百万程度、マンションの賃貸料は月十二万円だったという。

子どもがいるし、それなりに家計はきつかったかもしれない。

波恵は悲しげな吐息を洩らしながら、「雄太は連れ子なんです」と口にした。

「そうだったんですか」ひとつ間を置いて美加は続ける。「達哉さんと結婚されたのはいつになります？」

「二年前。婚活パーティーで知り合って」

結婚と同時にこのマンションに引っ越してきたのだろう。

達哉にしてみれば子持ちの女性と結婚したのだから、それなりの覚悟はあったはずだ。

「前の旦那さんと会ったりしますか?」

「会いません。顔も見たくないし」きっぱりと波恵は言った。「養育費だって、入れてくれなかった」

波恵は言いたくないことを洩らしてしまったというように、そわそわして両手をさすった。

ようやく再婚したものの、この事態になってしまったとは、よほど運に見放されている。

となりの部屋から、喚声が上がっていた。

襖越しに窺うと、神村がパドルを握りしめてゲームをしていた。すぐ横で雄太が目を輝かせて、モニターを指さし、「あ、そこそこ」と指南している。

子どもが哀れで、一緒に遊んでやっているのは元教師の性《さが》だろう。それにしては、かなりの熱の入れようだった。

指紋採取が終わった志田が入ってきて、参考用に波恵と雄太の指紋を採る。それをすませると、また神村は雄太とともにゲームを再開した。

お暇《いとま》をしましょうと声をかけると、先に行ってろ、とにべもない返事だったので、志田とともに天野家を辞した。

マンションを出て、あらためてハナミズキのある現場に出向いた。

マンションの際にある側溝のすぐ横のあたりに、建物と平行して横たわっていた死体がまざまざとよみがえってくる。

どの枝も、建物から二メートル以上離れていて、折れている箇所もない。達哉はベランダから、ほぼ真下に落ちたようだ。

やはりあの鉄柵に身をもたせかけてから、下半身を柵にのせ、体が下を向いたところで、そのままの姿勢を保って落下し、地面に激突したのだろうか。

そうだとしても、そのような不自然な動きをするだろうか。それに大雨だった。いくら酒を呑んでいるにしても、それはないように思えるのだ。

疑問を口にすると志田が、

「酒は百薬の長というけどさ、まあ、呑み過ぎたら、人間、何だってやりかねんよ」

「でしょうか……」

「あんがい、家でも職場でも悩み事があったんじゃない」

「かもしれないですけど」

マンションの入り口に神村たちの姿が見えた。波恵と雄太と別れて、神村が近づいてきた。

「ふたりはタクシーで葬儀場に戻る」神村は言った。「志田ちゃん、ちゃんと採取してきた？」

「ああ、例のね。もちろん」

何を言っているのかわからなかった。

「西尾はいったい、何してるんだ？」

「ですから、ちょっとふしぎだなぁって志田さんと話していたんです」

美加は答えると、神村は死体のあったあたりを見下ろした。

「死体の向きか？」

「はい」

神村は腰に手を当て、上体を反らすように六階のあたりを見上げた。

「物体を単に下に落としたときの運動は何という？」

いきなり物理の質問をぶつけられて、身構えた。

「えっとたしか……自由落下運動」

神村はニヤリと笑みを浮かべた。

「常識だな。では、物体が落下するときの加速度の値は言えるな？」

「そ、それは……ちょっとわかりません」

「一秒ごとに九・八メートル。覚えておけよ。志田ちゃん、六階のベランダの高さはいくらだっけ？」

「ぴったり一八・二メートルです」

「そうなると、ここに激突したときの速度はいくらだ？」

神村は地面を指さし、美加を見た。

「……ちょっと、わからないです」

志田に援軍を求める視線を送るものの、頭を掻《か》いている。

「物体の速度は一秒後には九・八メートル、二秒後には一九・六メートル、三秒後には……加速度に落下時間の二乗を掛けた積の半分に等しい……」

美加と志田がちんぷんかんぷんの顔をしているので、

「ちょっとノート貸せ」

と神村は志田からメモ用のノートを催促《さいそく》し、自分のボールペンを使って、数式を記した。

落下距離×重力加速度×2――。

ぶつぶつとつぶやきながら、数式と細かな答えを書き込んでゆく。たちまち答えが出た。

「えー、ここまで落ちるあいだの経過時間は、一・九二六……秒、およそ二秒かかっているな。それから、ぶつかったときの速度は、秒速一八・八九三……およそ時速七〇キロメートルになるな」

「二秒もかかるんですね」

感心したように言うと、神村からコツンと指で頭を弾《はじ》かれた。

「基礎中の基礎だぞ」

「あ、すみません」

「だがな、問題はやっぱり、死体の向きだ」神村は言った。「うつぶせはいいとしても、建物と平行であったのがどうも納得がいかない」

美加は自分の推測を口にしてみたが、神村はとりあわなかった。

「五郎ちゃん、それはいいんだけどさ、投身自殺自体を疑っているの？」

志田が呆《あき》れたように訊いた。

「それもあるな」

意味深げに神村は答える。

「……もしかして、奥さんの仕業《しわざ》とかって疑ってる？」志田が言う。「たらふく酒呑ませて意識を失ったところで、旦那を落としたとか」

「その線も考えてみたんだが」

抱きかかえて落とすにしても、女ひとりでは無理だ。それに、飛び降りる直前のマンションの防犯カメラの映像に、波恵の姿は記録されていない。達哉とともにいたのは雄太だけだ。雄太はゲームに熱中していて、飛び降りたことすら知らなかった。

「まず、動機を探るか」神村は言った。「おれはこれから葬儀場に出向いて、旦那の勤務先の人間やご両親、親戚筋に当たってみる。場合によっちゃ、カネがらみもあるから、休み明けには銀行捜査になるな。西尾、おまえはわかっているな？」

「あ、はい……奥さんの勤務先の聞き込みですか？」

神村は口元を引き締めてうなずいた。

「このマンションの住民の聞き込みも。旦那や奥さんが親しくしていた住民を見つけて話を聞け。子どものほうもな」

「雄太くんも？」

そもそも、家族の捜査をする必要があるのだろうか？

昨晩は明け方の三時間ほどようやく睡眠が取れたのだ。できれば、これから署に帰って、この件に関する報告書を書き上げ、午前中には帰宅したかった。

しかし、神村はどことなくやる気満々で、試合のゴングが鳴ったような顔付きをしている。こうなったら、もう止めても無理なのはわかっていた。

しかし、弁当屋の聞き込みはともかく、子どもの周辺の聞き込みなど、雲をつかむような話に思える。

「これが担任。それから友だちがいる」神村はメモを寄こした。「電話して会ってこい」

母親から聞きだしたようだ。

学校の代表番号と担任教師の名前、携帯電話の番号。そして、三人の男の子の自宅の電話番号が記されている。

そうか、子どもやその母親から、波恵について聞き出せばよいのか。

5

五月七日土曜日。

午前中いっぱいかかって、マンション六階と五階の住民への聞き込みをすませた。天野家の両隣の住民は、天野家とのつきあいはほとんどなく、夫婦や子どもの雄太が親しくしている家もなかった。理事長に訊いたところ、七割近くが賃貸入居者なので、住民同士のつきあいもほとんどなく、地域との交流も皆無だと教えられた。

徒歩で波恵が勤めている弁当屋に出向く。工科大学の脇道あたりで、雄太の担任の小林正広《こばやしまさひろ》先生に電話を入れた。いま、葬儀場にいると小林は言った。母親について尋ねると、二度ぐらい会ったことがあるが、父親との面識はないという。弁当屋まで、ぴったり十二分かかった。

昼時で忙しく、二十分近く待たされた。一時近くになり、ようやく女性の店長がレジの中から出てきた。栗原《くりはら》というプレートを胸につけている。マスクをつけたままだ。

四十代後半だろう。細身だ。

きょう葬式を執り行うと伝えたものの、ちょっと行けそうにありませんと栗原は口にした。

「こちらに波恵さんが勤めだしたのは、いつごろからになりますか?」

「一年くらい前だったと思いますね」

「週三日勤務とお伺《うかが》いしていますけど、欠勤とかなさいます?」

「いえ、きちんきちんと来ていただいてますけど」

やや警戒した口調で栗原は答えた。

「ご主人はご存じですか?」

「いえ、知りませんでした。子どもさん、大丈夫ですか?」

「ええ、大丈夫です。波恵さんは再婚でしたね? それは?」

「はい、彼女から聞いています」

「波恵さんの口から、ご主人について、何か出たことはありませんか?」

「聞いたことないですねぇ。子どもさんの話はよくしましたけど。理科や算数が好きだけど、国語が嫌いだとかね。運動は得意みたいらしいですけどね。そういえば、波恵さん、あまり現金を持たせてくれないので、買い物に困るとか洩らしていましたね」

「ご主人が持たせてくれないということですか？」

「ええ。限度額を週一万円に設定したデビットカードしか使わせてくれないって、いつもこぼしていました」

勤務先が勤務先だけに、金の管理についてはうるさかったのかもしれない。

それにしても、週に一万円だけでは少なすぎるのではないか。

「ほかに店長さんが気がついた点はありませんか？　波恵さんの勤務態度とか、何でもいいんです」

栗原は首を傾《かし》げ、「えーと、そうですね、帰りなんか、いつも急いでいますよ。着替えがすごく早くて、時間になるとあわてて帰宅していました」

「そうですか」

念のために昨晩の帰宅時間を尋ねると、

「七時五十分の上がりですけど、二、三分レジでお客さんの相手をしていたから、ふだんより少し遅れたかもしれません」

そうすると店を出たのは、七時五十五分ころだろう。ここまで徒歩で、十二分ほどの時間がかかる。達哉が飛び降りたとき、やはり帰宅途中だったのだ。礼を言って、店を辞した。

その場で、雄太の三人の友人のうちのひとりに電話をかける。呼び出しをしたものの応答はなく、次の家に電話をかけた。しばらくして、女性が出た。堀内《ほりうち》という家で、健斗《けんと》という息子が同級生だ。美加が名乗ると、相手は、何でしょうかと用心深げに訊いてきた。

四年二組の天野雄太くんをご存じですか、と尋ねると、息子が同じクラスにいると答え、お父さんが自殺したんですよね、と答えた。

ママ友のネットワークで、すでに知れ渡っているのだろう。

「そうなんですよ。その件で、息子さんから、少しお話をお聞きしたいと思っていますけど、いかがでしょうか?」

なだめながら、これからすぐに出向く旨伝え、住所を聞いて電話を切る。

歩いて十五分ほどで着いた。東急池上線の蓮沼《はすぬま》駅の近くのマンションだ。通りに面した、十一階建ての比較的新しいマンションだ。

三階にある堀内家では、母親の靖子《やすこ》と息子の健斗が待っていてくれた。面長の顔が母親とそっくりだった。父親はゴルフに出かけて留守だった。建物の造りや内装は、天野家よりも上だ。賃貸ではなく購入したのだという。靖子は牽制《けんせい》するように、小声で、健斗も雄太くんのお父さんが亡くなったのを知っていますと耳打ちしてくる。

美加は健斗に身分を告げてから、雄太くんとは仲がいいですか？　と尋ねた。

「うん、いつも遊んでるよ」

「そう、仲がいいんだね。昨日も遊んだ？」

「うん。マサルくんの家でゲームしたよ」

靖子に顔を向けると、「もうひとり仲のいい友だちなんですよ」と教えられる。

メモにはなかった名前だ。

「マサルくんの家にはよく遊びに行くの？」

「行く行く、プラレールあるし」

「きのうは粘土遊びしたんじゃなかったっけ？」

靖子があいだに入ると、健斗は母親の顔を見た。

「ちょっとだけだよ」

「そう、じゃあ、ずっとゲームばっかりね」

「勉強だってやったよ。ね」

相づちを求めるように美加の顔を覗く。

「仲いいんだね」美加は言った。「雄太くんは、健斗くんのおうちにも来る?」

「うーん、たまに」

「雄太くん、今週の火曜日に来たよね?」

靖子が割って入った。

「うん、来た」

四日前の祝日だ。

「そうそう、雄太くんのお父さんから電話が来たんだわ」靖子が言った。「晩の七時ころに」

「こちらにですか?」

「はい、まだお邪魔していますかって。いますって答えたら、すぐ帰らせてくださいって言われちゃって。あわてて帰しました」

「そうだったんですか」

火曜日は雄太の母親の勤務日だ。

「前にも二、三回かかってきたわ。わたしも、遅くてお父さん心配するから、早く帰ったほうがいいんじゃないって雄太くんに言ったことがありますし」

七時ならどの家庭でも夕食時だから、早く帰ってこいと言うのだろう。常識的な父親に思える。

「でも、雄太くん、いつも帰るの渋っていたな。お母さんがまだ働いているとか言って」

波恵からも似たようなことを聞いた。父親とはご飯を食べないとか。

母親が再婚し、自身も多感なときだから、仕方ないかもしれない。

ふと見ると、サイドボードの横のカラーボックスの中に、見覚えのあるプラスチックケースがあった。文房具が詰め込まれた箱の奥に、ゲルマニウムラジオが垣間《かいま》見えた。それについて尋ねると、健斗も忘れていたらしく、中に手を突っ込んで、懐かしげに取りだした。雄太のものと同じだという。

「学校で作ったのね？」

美加が訊くと、健斗は訝《いぶか》しげな顔で振り返った。

「ううん、大学で、お兄ちゃんたちと作ったのさ」

「大学って……そこの工科大学？」

「うん、春休みの理科教室で」

さらに尋ねてみると、工科大学では毎年春休みに、子ども向けの様々な工作教室を開くらしく、雄太やほかの友だちと一緒に出かけて、作ってもらったのだという。実費は五百円に満たなかったらしい。

小学校で作ったとばかり思っていたが、違ったようだ。

マサルくんの母親は大橋麻里《おおはしまり》といい、堀内家を辞したところで、彼女の携帯に電話を入れた。大橋家は子ども連れで父方の新潟の実家に帰っていると言われたので、事実確認にとどめた。メモにあったもうひとりの友人の家を訪ねて聞き込みをしたが、めぼしいものはなかった。

もう一度、天野家のマンションに戻り、午前中の聞き込みで洩れた家々を訪ねた。同じ六階に住んでいる清水《しみず》という家の主婦が、天野波恵とゴミ置き場でよく立ち話をする仲だと言った。亡くなった天野達哉はきれい好きらしく、ゴミ置き場の掃除をするのを何度か見かけたらしい。

そして、天野波恵の口から、今年に入って「夫が外出を嫌うので、どこにも出かけられない」と何度か聞いたという。

かなり、妻の行動を気にかける夫だったようだ。いや、きつく制約をかけるといったほうがいいだろう。

ふと、天野家と親しい老女を思い出して、二階の住まいを訪ねた。

身分を告げると、井上富江は快《こころよ》くリビングに招き入れてくれた。お茶までご馳走《ちそう》になり、しばらく身の上話をした。夫とふたりでマンションに入居したのは二十年前で、一昨年、夫が肺炎をこじらせてあっけなく亡くなった。大阪に嫁いだひとり娘とはめったに会わないという。天野家について話題を振る。

「わたし、週に二日、工科大学の前にあるデイサービスセンターに歩いて通っているんだけど、波恵さんとはときどき一緒になるの」きれいな白髪を手ですきながら、富江は言う。細身の体に鶯《うぐいす》色《いろ》のカーディガンがよく似合っている。「雨の日なんか、傘を差してもらってほんとに助かるわ」

「そうだったんですか」

「あの人が再婚だって知っていたから、どうして赤ちゃんを作らないのって、訊いちやったのよ。そしたらね、波恵さん、絶対に作らないって言ったもんだから、驚いちゃった」

「息子さんがいるからでしょうかね」

「ううん、違うと思うな」

「え、どうしてですか？」

「いつだったかしら、波恵さん、辛《つら》そうに歩いていたの。訊いたら、旦那さんに蹴《け》られたって」

「達哉さんに？」

聞き捨てならない話だ。

「何でもね、食事の後片づけをしないでいたら、いきなり膝《ひざ》のあたりを蹴られて、じん帯が傷《いた》んでしまったらしいの。それって、暴力じゃない、きちんと行政に相談したほうがいいわよって言ったんだけど、どうだったかしらね」

富江は心配げにお茶をすする。

「それは初耳です」

本人から聞かなければいけない。

「波恵さんて、ほんとにやさしくていい人なんだから。うちの洗濯機の水道パイプが洩れたときも、テープを貼りつけて一生懸命直してくれたりしたのよ。そのとき、ほらスマホをここに置いていてね」富江はテーブルを指した。「若い人がやる、ほら、何とか……」

「ラインですね？」

「かしらね。ちょっと見ちゃったの。そしたら、『いい心療内科があれば教えてください』とか、『きょうもやられた』とか出ていてね。『もう死にたい』とかも。あれって、本人が書いているんでしょ？」

「それ、右側に出ていました？」

富江は首を傾げ、「うーん、どうだったかな。もう片方のほうには、ほとんど出ていなかったような覚えがありますよ」

ならば、波恵本人が友人宛に送りつけた文言だろう。

そのような重い投げかけをされても、どう答えてよいのか迷うに違いない。

波恵はかなり夫に虐《しいた》げられていたとみて間違いないだろう。

6

署に戻ると、署長室に呼ばれた。神村と倉持刑事課長が同席していて、天野達哉の落下死亡事案について、報告を聞いているようだった。ソファに座る神村の隣に腰を下ろすと、斜め前にいる門奈和広《もんなかずひろ》署長が小ぶりな体を起こした。

「カンちゃん、だいたいわかったけどさ、遺書もあったんだろ？　捜査なんているの？」

髪をきっちりととかしつけ、五十四歳のわりにやや童顔だ。

「うーん、したほうがいいと思うけどね」

第二捜査官の異名を持つ神村とは、カンちゃん、モンちゃんと呼び合っている。

「ちょっと待てよ」やはり気にくわないらしく、倉持が墨《すみ》を引いたような太い眉毛を動かしながら口を開いた。「死体が横向きに倒れていたとか何とか抜かしているが、そんなこたぁ、ままある。この忙しいときに、これ以上、何を調べる……」

それから先を言う前に、神村が、

「そっちは何かあったか？」

と美加に振ってきた。

「ああ……はい、奥さんの波恵さんについて、お話ししなければいけないことができました」

足をそろえて答えた。

神村に、きっと睨《にら》みつけられる。

妻の天野波恵が自殺した夫から、ふだんから、生活費や行動について、制約を受けていたことや、暴力をふるわれ、かなり精神的に圧迫されていた。息子の雄太も義理の父親にはなつかなかったらしい、といった聞き込みで得てきた中身を口にした。

「やっぱりか」神村が腕を組む。「こっちもだぞ」

「何かあったんですか？」

「信用金庫の同僚から聞いたが、旦那の達哉は勤務先で奥さんの家計簿をいちいちチェックしていたらしいぞ」

「ネットの家計簿ですか？」

「それそれ。どこでも見られるやつあるだろ。あれを」

「ふーん、細かい旦那だな」

門奈が興味深げに言う。

「署長、そんな話に乗らないでいただけませんか」

と倉持が牽制《けんせい》する。

「いいから、で」

門奈が先を急がせる。「ちょうど一年前、夫にふたつめの生命保険をかけさせたそうじゃないか」

「それも同僚が言っていましたよ」神村が続ける。「奥さんからどうしても入ってくれとせがまれたらしい」

「いくらぐらいのだ？」

ようやく倉持が話に乗ってきた。

「三千万。月々二万円の保険料ですよ」

「ふーん、そりゃでかいな。でも、自殺じゃ保険金は下りないだろ？」

「それが一年間に限ったことらしくて。契約したのが去年の四月だから、下りるらしいんですね」

「それはちょっと怪しいじゃないか。奥さんがさ」

「まぁそうなんですけどね」神村は頭をかいた。「奥さんそうとう、心理的に参っていたらしくて、テーブルに鬱病《うつびょう》の薬や睡眠薬があってね」

「神村、何か」倉持が言った。「おまえひょっとして、酒に睡眠薬を混ぜて旦那を眠らせたあげくに、ベランダから突き落としたって言いたいのか？ 冗談もほどほどにしろよ。女ひとりだ。そんな芸当できっこない。だいいち、身投げした時間帯は、奥さん、家を留守にしていたんだろうが」

「そこなんだよ、チュウさん」

チュウさん呼ばわりされて、倉持の頬が引きつった。

そんなことにはお構いもなく、門奈が、

「なるほど。奥さん、旦那には手こずっていたわけだな」

「そうなんですよ。それからね、少し深刻なのがあって。葬儀場を出るとき、駐車場で雄太くんの担任の小林先生と会って、立ち話をしたんだけどさ。雄太くんの服が黄色く汚れている理由を訊いてみた。そしたら、小林先生が『ひょっとして、また味噌汁ぶっかけられてるのかな』なんて言うもんだからさ」

神村は天野家で洗濯物や雄太の服を調べて、黄色っぽいシミがついたデニムのシャツを見つけていた。あのシミが味噌汁だったようだ。

「旦那にかけられたのか？」と門奈。

「ええ。お父さんからかけられたって、小林先生、雄太の口から二度くらい聞いたらしい」

「ひょっとして、家庭内暴力？」

そう言った門奈の顔を神村はまっすぐ見た。

「だろうね」

「なつかないガキだから、つい手が出たんですよ」

倉持がまた口を出したので、門奈は黙っていろとたしなめた。

「でもさ、カンちゃん、まあそれは世間でよくあることだし、亡くなったのは、ほかでもない旦那だからさ。ちょっと報告書にまとめて、終わらせるってことでどう？」

「できればそうしたいんだけどね」

なかなか引かない神村だったが、話のネタが尽きて、署長室をあとにする。

肩を並べて歩きながら、どうもいまひとつ、わからないんだ、などと神村はつぶや

いている。カウンターを出たところで、

「そういえば、ゲルマニウムラジオ、あったじゃないですか。あれは小学校じゃなくて、工科大学の理科教室で作ってもらったみたいですよ」

などと雑談めいた口調で言った。

すると、神村がその場で立ち止まり、口を引き結び、首のうしろ側を擦《こす》った。

何か思いついたときにやる癖だ。

「……それがあったか」

ひとりごちるように言いながら、歩き出す。

二階の刑事課には戻らず、神村は裏手に足を向けた。

7

工科大学は蒲田駅から徒歩二分。六年前に竣工《しゅんこう》した総ガラス張り、二十階建てのビルで、蒲田の新たなランドマークにもなっている。いつも外から見ているだけで、キャンパス内に入るのは、はじめてだった。ゴールデンウィーク明け、しかも夕暮れ時にもかかわらず、多くの学生でにぎわっていた。

神村とともに一階のロビーに入る。思わず息を呑んだ。ローマのサンピエトロ寺院さながら、広々とした空間に圧倒される。天井は高く、輝くような大理石の床が広がっていた。

「さすがに売り出し中の大学ですね」

美加は言った。

「そうだな」

神村も驚きを隠せない顔で、あたりを眺めている。

工科大学は、工学部のほかに、看護学科や作業療法学科などもある。海外の有名大学と提携するなど、積極的な運営が認知されて、学生のあいだでも人気が高まっているのだ。

奥手にある事務所で身分を明かし、事務局長に取り次いでもらう。

四十がらみの男がすぐに現れて、応接室に通された。エリート銀行員さながら、紺のスーツに身を固めた局長から、すかさず名刺を差し出される。緒方哲《おがたてつ》とある。

「やあ、立派な校舎で驚きました」

と神村が切り出すと、緒方は差し迫った用件でないのを覚《さと》ったらしく、にこやかな笑みを浮かべ、大学の紹介を始めた。

かなりの建設費がかかったはずだが、そのあたりには触れず、創設者や学長をはじめとする方々の教育熱心な理想が結実した結果です、と続けた。

嫌みなものには聞こえず、むしろすがすがしささえ感じる弁だったが、神村はすぐに本題に入った。

「こちらはきのう、オープンキャンパスを開催されていましたよね？」

ネットで検索して調べたのだ。

「はい、あいにくの雨天でしたが、多くの方に訪れていただいて、大盛況でした」

緒方は自慢げに答え、スタンドからパンフレットを抜き取り、神村に渡した。

大学案内や入学試験の説明会をはじめとして、キャンパスツアーや体験授業、学生作品展示など、盛りだくさんの内容が記されている。

「前もって申し込みとかは必要になりますか？」

美加が尋ねた。

「いえ、午前九時受け付け開始になっておりまして、終了の午後四時まで、どなたでもご参加いただけますよ」

「ランチも体験できるわけですね？」

物欲しそうに神村が問いかけた。

「はい、当日は半額の値段でご提供させていただきました。本学のランチは、地元の方にもご好評をいただいています」

「地元の人も使えるんですね？」と美加。

「もちろんです。カフェテリアやファストフード店などもお使いいただけます」

「ふむふむ」

神村が感心している。

「オープンキャンパスも地元の方々がお見えになりましたか？」

緒方は自信たっぷりにうなずいた。「かなり、お見えになっていただきましたよ。ゴールデンウィークの最終日でしたので、ふだんは入られない方や、親子づれでご参加の方々もございました」

「親子づれで何を見るんですか？」

「地下に大講義室がございます。そこで大画面を使って、本学の紹介映像などをご覧になっていただいたり、体験授業を受けていただいたりしました」

「なるほど」神村が言った。「春休みなんかにも、子ども向けの工作教室みたいなのを開催されましたよね？」

「はい、未来を担う子どもたちのため、理科教育の啓蒙《けいもう》には力を入れておりまして、三月の二十七日に『みんなで遊ぼう、理科教室』と題して、開催致しました。主に小学生向けの内容になっておりまして、今回は、百名近く受け入れました」

神村は勝手に立ち上がり、スタンドの中から、大学の紹介パンフレットを手に取り眺めている。

「ゲルマニウムラジオの工作もありましたね？」

美加が訊いた。

「はい、かなり人気でしたね」

「それはどこで行われました？」

神村が校内案内図を広げて、差し出した。

「えーとですね、十階の工学部の教室ですね」

「その日の写真とか録画映像とかあります？」

はじめて緒方が不安げな表情を見せた。

「写真ならあると思いますが……」

ゲルマニウムラジオの工作教室はたぶん、天野雄太をはじめとして、同級生たちが参加している。それを確認したところで、意味はないのだが。

「いえいえ、事務局長さん、事件がらみとかそういうことじゃなくてね。あくまでも参考ですから」

あくまで低姿勢で神村は声をかける。

「そうですか、職員に尋ねてみましょうか？」

言うと、緒方は電話で職員を呼び出し、用件を伝えた。

「それとですね、事務局長さん」神村は言った。「よかったら、校内を見学させていただけませんか？」

それならば、という表情で、緒方は立ち上がった。

「どちらがよろしいでしょうか？」

神村はパンフレットのそのあたりを指さした。

「そうですね、ここがいいかな」

十階にある機械工学科のフロアだ。

緒方の案内でエレベーターを使い、十階まで上がった。

広々とした廊下があり、講義室や実験室などが続いている。ドアの開いた部屋があり、廊下に大がかりな機械が置かれて、中にケーブルでつながっているような実験室もある。学生たちが出入りしている部屋もあれば、ドアの閉まった部屋もあった。緒方がそうした部屋を開けて中を覗き込むと、機械に取りついて、熱心に調整している学生たちの姿があった。そこに入り込んで、学生から説明を受けたり、機械の働きを教えてもらったりを続ける。

いつのまにか、神村の姿が見えなくなったが、緒方は学生たちとの話に熱が入って、その不在にも気がつかない様子だった。

しばらくして、神村がいないのに気がついた緒方が、「神村さんはどちらでしょうか？」とあたりを見ながら口にした。

「……あれ、どこ行っちゃったのかな」

美加がごまかしていると、エレベーターが開いて神村が現れ、歩み寄ってきた。

「どちらに行かれました？」

緒方が興味深げに尋ねる。

「あ、ちょっとあちこち回ってきました」晴れ晴れした顔で神村が言った。「いやあ、素晴らしい大学だなぁ」

緒方は、さもうれしそうに、

「そうですか、それはよかったです」

と一時の不在など、まったく気にならない様子で言った。

緒方のスマホが鳴り、その場で短く通話をして切った。

「工作教室の写真があったようですけど」

「どれ、見せていただこうかな」

神村がさっさとエレベーターに向かって歩き出す。

勝手に動き回って、ほんとうに困りものだ、と思いながら、そのあとに続いた。

事務室に戻り、写真を見せてもらった。

そこにはゲルマニウムラジオ作りに熱中する天野雄太の姿が映っていた。

8

三日後。午後二時。

アスリートを運転し、神村とともに天野一家の住んでいるマンションに向かった。午前中、前もって天野波恵の携帯に電話を入れた。天野達哉の死亡に関連して、諸手続があるため波恵は弁当屋を休んでいるという。

車でほんの七、八分たらずの距離が長く感じられた。きょうも天気はぐずつき気味だ。

バッグの中に一枚の鑑定書が収《おさ》まっている。今朝方、警視庁の科捜研から送られてきたものだ。その中身を思うと、胃のあたりが重くなってくる。

後部座席の神村は、石のように固まったまま、無駄口ひとつ叩かない。

美加も声をかける気にはならなかった。

三日前、工科大学を訪ねたおりに見たオープンキャンパスの録画映像がよみがえってくる。

五月六日午後三時。工科大学のエレベーターに乗り込む雄太の姿が映っていた。手に空のリュックサックを持っている。雄太は七階で降りた。

そこは作業療法学科の階で、オープンキャンパスの開催予定には入っていない階になる。ふだんの三分の一ほどの学生が、授業はないものの実験や製作のために来ていた。

五分後、ふたたび同じ階のエレベーターに雄太は乗り込んできた。背中に荷物がつまったリュックサックを背負っていた。作業療法学科の実験室から、こっそり盗み出したものが入っているのだ。雄太はそれを自宅に持ち帰り、リュックごと押し入れにしまった。

午後六時半を過ぎたころ、天野達哉はいつものように、おでんを酒のつまみにして、酒を呑み始めた。テレビを見ながら、たったひとりで三十分、一時間と呑み続けるうちに、酔いも回り、膀胱《ぼうこう》がふくらんだ。隣室でゲームをするふりをしながら、その様子をひそかに雄太は観察していた。

達哉がトイレに行ったすきに、雄太はあらかじめ用意していた母親の睡眠薬をビールのコップに入れてかき混ぜた。ゴミ箱をあさった神村によれば、三回分ほどの量だったという。
それを呑んだ達哉は、アルコールも手伝い、十分もしないうちに、眠り込むという
より、ほとんど意識を失い、テーブルに突っ伏すか、床に倒れ込んだはずだった。
それを見て、雄太は実行を決意した。
降りしきる雨もその意志をくじくのではなく、かえって物音を消し、助長する結果
になったのだ。
まず達哉を仰向けの姿勢で床に寝転がせてから、となりの部屋に移り、押し入れの
リュックサックを取りだした。
そして、ベランダの戸を開いて、椅子を持ち運んで外に出した。自分も外に出て、
ベランダの鉄柵ぎりぎりに、椅子の背中を横向きにして置く。室内に戻り、今度は二
十四缶入りのビールケースを、椅子のすぐ手前に配置した。
問題はそこからだ。
リュックサックの中から、それを出して床に置いた。
六キロ近くあり、ずっしりとくる重さだ。機械に装着されたベルトをまず右肩に回
した。そのあと、パイプの通された右パッドを右膝のやや上に当て、同様に左にもは

める。大人なら膝を覆う形になるが、身長百四十センチしかない雄太は、やや上側にずれてしまうのだ。そのあと、左肩にベルトを回して、機械全体を背負った。前屈《まえかが》みになり、腰の留め具を左右から引いて長さを調整し、正面で留める。最後に前に張りだしたパイプについたパッドをまず右の太腿にあてて、留め具を使って太腿の裏に回して調整しながら固定する。左足も同じように装着する。さらに、腰から斜《なな》めに出たベルトを左右ともども、股間に回し、同じ要領ではめた。そうやって機械の装着をすませ、達哉の前に立つ。

いよいよ本番だ。雨天決行。機械は盗んだのではなく、一時的に借り出しているものので、明日にも返却しなくてはならない。

右の腰元にある電源ボタンを押して、作動を開始させる。

雄太は達哉の真横でひざまずいて、両手をその腰と背中に差し込む。奥まで十分に届かないものの、支えるだけなら無理はない。そうして、ゆっくりと立ち上がる。機械の力を借りながら。

それは人間の筋力を増強するためのパワードスーツと呼ばれる機械だった。左右両方の腰にモーターが取り付けられ、背中に取り付けられた電池と小型コンピューターで動きを制御する。ボタンを押せば、人の動きを察知して、筋力を補《おぎな》うように作動する。体の不自由な人を抱きかかえる介護や、重いものを運ぶ倉庫の業務に携《たずさ》わる人たち向けに、大学の研究室が開発しているものだった。

三月の理科教室のとき、七階にある作業療法科の教室でお披露目《ひろめ》されたものだ。それを雄太たちは目にしていた。友人たちによれば、雄太は実際に装着も行ったと言う。まだ開発中だが、重さ三十キロのものでも楽に持ち上げられる性能を持つ。

身長百五十センチ以上ならば使える仕様だが、百四十センチでも装着方法を工夫すれば使えるらしかった。

達哉は五十キロ足らずの体重であり、非力な雄太でもスーツを装着すればどうにか持ち上げることができたのだ。

雄太は、まずテーブルの上の達哉のスマホを使って、遺書めいた文言を打ち、母親宛に送った。そうしてから、降りしきる雨の中、雄太は仰向けの姿勢の達哉を持ち上げ、そのままベランダに出た。いきなり椅子に乗るのは無理があるので、あらかじめビールケースを椅子の前に置いておいたのだ。

階段の要領で上った。機械の助力があったとしても、全力で持ちこたえなければならなかったはずだ。そして、どうにか椅子の上に立った。

達哉の体を水平に保ったまま、鉄柵の上に差し出し、そのまま背伸びをするようにかかとを上げ、肩を上に持ち上げる。すると達哉の体はゆっくりと横向きに回りながら、雄太の腕から離れた。空中に出たときは、ほぼうつぶせになっていた。その姿勢のまま、落下していった。

それが、建物と平行して遺体が横たわっていた理由だったのだ。

やり遂げた雄太は、転げ落ちるように椅子から降りただろう。向きを変え、リビングに戻ろうとしたとき、パワードスーツのパイプ部分が、窓ガラスに当たり、ガラスにひびが入った。そのとき、スーツの白い塗料がガラスに付着した。

美加が持っている鑑定書は、その塗料と大学にある現物のパワードスーツのそれを比較したものだ。両者は完全に一致した塗料であると鑑定された結果が記されている。

犯行を終えたあと、雄太はパワードスーツを元のようにたたみ、リュックサックにしまった。そして、椅子やビールケースをリビングに戻した。水で濡れた床や椅子、そしてビールケースをぞうきんで拭き、犯行の形跡を消した。しかし、ビールケースは段ボール製なので、水が染みていた。それを神村は見逃さなかった。

翌日、雄太は機械の入ったリュックサックを携えて工科大学に出かけた。オープンキャンパスの後片づけで人の出入りが多く、あっさり入ることができた。作業療法科は七階にあり、人のいないのを確認してから、パワードスーツを元の場所に戻した。それは、ふだん、鉄製のラックの一番下のプラスチックケースの中にしまわれていて、前日から、そこになかったことを気づいた人間はいなかった。

それが犯行の一部始終だった。

三日前、初めて大学を訪ねたとき、神村は作業療法科のある七階に単独で立ち寄り、そこでパワードスーツを目にした。二体あるうちの一体が故障しており、それを直すのを目撃していたのだ。修復していた学生によれば、中のモーターの部分が何故か濡れてしまって、交換しなければいけないと言っていたという。そのひとことで神村はピンときた。

アスリートを停めて、マンションに向かった。

沈黙を守ったまま歩く神村の背中についた。美加も話しかける気分ではなかった。逮捕に向かうのが億劫《おっくう》で仕方ない。

「先生」美加は呼びかけた。何か、口にしなければ苦しい気分だった。「雄太くんて、よっぽど追い込まれていたんでしょうか……」

義理の父親から、虐待《ぎゃくたい》めいた扱いを受けていたのは確かだろう。母親も同様に、夫から暴力を受けていた。

工科大学でパワードスーツを見たとき、ふとその計画を雄太は思いついたのだろうか……。

神村はマンションの前に立ち、ふと上を見上げた。

天野家のある六階のベランダのあたりで、人が見下ろしているような気配がしたが、目の錯覚のようだった。

小菊の客

1

変死体発見の警察無線が流れたのは、蒲田《かまた》駅近くで発生した車上荒らしの被疑者を現行犯逮捕し、留置をすませたときだった。場所は羽田《はねだ》六丁目、弁天橋《べんてんばし》通り南の居酒屋コギクと連呼している。刑事課のドアが開いて、スパイクショートの髪がにょっきりと現れた。好奇心でふくれた顔の神村《かみむら》と目線が合う。スマートキーをつかみ席を離れた。

廊下で待っていた神村が、いそいそと先だって歩き出した。

「先生、きょうはどこにいたんですか?」

呼びかけたものの、応じる気配はなく、階段を下りて裏手の駐車場に出る。

クラウンアスリートの運転席に乗り込み、

「変死体の現場ですね?」

ルームミラーに問いかけると、半笑いしている目がさらに細くなった。

きょうの神村はストライプのワークジャケットにジーパンという若作りだった。五月二十六日木曜日、午後八時。スタートボタンを押す。

裏門を抜け、環八通りへ勢いよく飛び出す。空港方面に鼻先を向けた。警察無線をつける。日は沈み、三車線の道はテールランプで埋まっていた。渋滞はしていない。

「どうだぁ。増田《ますだ》は吐いたかぁ」

午後五時に現行犯逮捕した車上荒らしの被疑者だ。同じ盗犯係のくせに、神村は一度も張り込みにはつかなかった。

答えないでいると、「西尾《にしお》、どうかしたか？」と訊《き》いてきた。

「まだ弁録（弁解録取書）を取っただけですから」

言い方がついきつくなり、神村は首をすくめて足を組んだ。

警察無線が教える地番を耳にしながら、大鳥居《おおとりい》の信号を右に曲がり産業道路に入った。羽田二丁目の交差点を左折する。とたんに交通量が減った。

警察無線が流れる。〈……五十歳前後の着物を着た女性が店舗二階の六畳間にうつ伏せで倒れている。通報者は付近在住のモリカワクミ……〉

首都高速道路の高架下を突っ切り、羽田小学校前の先で、路地を右手にとった。道幅一杯に赤色灯を点滅させたパトカーが停車していた。五、六人ほどの野次馬がパトカーの向こう側を見ている。材木屋の隣の空き地に署の覆面《ふくめん》パトカーが停まっていたので、その横にアスリートをつける。

パトカーの先で狭い路地が交差し、制服警官が警戒についていた。

左手角から奥に向かって、古くさい二階建ての棟割《むねわ》り長屋が続いている。見るからに昭和の建物だ。棟は五つあり、二階部分のサッシ窓は古く、錆《さ》びたシャッターが降りている棟もある。それぞれの間口は恐ろしく狭い。

長屋の向かいは二階建ての民家とアパート。防犯カメラが設置されている様子は見受けられない。

長屋の手前で、先に着いていたイベリコこと青木要《あおききかなめ》巡査部長が大柄な体を丸めるようにメモを取りながら、ショートヘアの女に事情聴取している。第一発見者のようだ。

隣の棟は住居専用に改築されているようで、小ぎれいな外壁とドアが付けられ、エアコンの室外機が置かれている。

引き戸から中を覗《のぞ》き込むと、蛍光灯の明かりの下、カウンターが見えた。

警察手帳をかかげながら、神村とともに中に入った。

長細い八畳ほどの店内は、きれいに片づいていた。黄ばんだ白木のカウンターに低い背もたれのついた椅子が六脚並んでいる。壁に貼られた品書きに、四角張った字で、ほうとうや馬刺しといった見慣れないメニューが書かれていた。入り口に立てかけられた暖簾《のれん》を広げてみると『小菊』の文字が読み取れた。

小上がりの前で神村とともに、キャップをはめ足カバーをつけ、狭く急な階段に足をかけた。ぎしぎし音をたてながら上りきる。神村の肩越しに蛍光灯の明かりがともった六畳間を覗き込む。

こちら側に背を向け、上体を左側にねじるように、ボリュームのある黒髪の女が倒れ込んでいた。濃紺に笹竹のあしらわれた着物。オフホワイトの帯が背中のあたりでほどけて、帯締めが見えている。小柄だ。足袋《たび》をはいた右足が下、左足は上側だ。右手は体の下側、左手は折れ曲がった膝のあたりに置かれていた。素肌の見えるあたりは、ほっそりしているが、背中から腰にかけて肉付きがよさそうだった。

死体の向こう側でしゃがみ込み、女の顔を覗き込んでいる短髪の男は、青木とともに、同じ盗犯係に所属する小橋定之《こはしさだゆき》巡査部長だ。空手の達人で理屈っぽいのが玉に瑕《きず》。

小橋は死に顔に魅入られたようにじっとしながら、

「向井利栄《むかいとしえ》、ここのママだよ。ひとり住まいだ。死後一、二時間だな」

と吐いた。

死体越しに運転免許証を手渡される。

向井利栄、五十三歳。羽田六丁目――。本籍山梨県。

窓際に置かれた折りたたみ式の長机に小型テレビと雑誌が立てかけられ、右側の壁にはカレンダーと割烹着《かっぽうぎ》がかかっている。

神村とともに死体を回り込み、正面から女の顔を覗き込む。濃いアイシャドーを入れた細面《ほそおもて》の顔だ。鼻筋が通って、夜会巻きで右から分けた髪が二筋ほど、頬《ほお》にふりかかっていた。苦悶《くもん》の表情はうかがえない。口元も穏やかに閉じられている。年相応のシワは見えるが、シミひとつなく、かなりの美人だったろう。

神村が慣れた様子で顎関節《がくかんせつ》を動かす。容易に曲がるようだ。死後硬直は始まっていない。直腸温度を測るまでもなく、死後一時間から二時間程度と見えた。

「明かりはついていた？」

慣れた調子で神村が小橋に声をかけ、部屋を見回す。

「いや、消えていた」

階段横の押し入れの襖《ふすま》は取り払われ、下段に布団と五段のタンス、衣装ケースがあり、テーブルクロスが敷かれた上段には、小ぶりなカラーボックスやら化粧箱やらが置かれている。荒らされた形跡はない。

免許証が入っていたらしい革製の巾着《きんちゃく》をあらためる。小さな財布やガラケー、手に塗るジェルやハンドタオルが入っている。財布の中には小銭がつまっていた。

「やあ、遅くなりました！」

出前でもするような声が階段から聞こえてきた。ジュラルミンケース片手に、鑑識係員の志田《しだ》が姿を見せ、首に下げた一眼レフでさっそく現場写真を撮り始める。

神村は死体の背後についた。うなじを見たり、死体の口を開けて中を覗き込んだりしている。

ぎしぎしと重たげな音をたてて、上がってきたのは、刑事課長の倉持忠一《くらもちちゅういち》だった。強《こわ》そうな髪をぴっちりとかしつけ、太い眉毛を盛んに上下させ、腰に手を当てて仁王《におう》立《だ》ちする。ぐふふ、と笑いをかみ殺したように喉元《のどもと》を震わせ、「さあさあ、引き上げろ」とのたまった。

ぱっと立ち上がり、「まだ検証がすんでいませんけど」と声を上げた。

てらりと脂光《あぶらびか》りした倉持の顔が美加《みか》に向いた。

「この死体《ロク》は心筋梗塞《しんきんこうそく》だ。長いこと心臓病を患《わずら》ってる。夕方、疲れがピークになったところで突然、ぴたっと心臓が止まったわけだ」

「あ、あの……」

「大家から聞き込みはすませた。引き上げろ」

言われた小橋が戸惑《とまど》い顔で、ゆっくりと腰を上げる。

ふたたび、倉持の唇が動きかけたとき、神村の鋭い声がした。

「こりゃコロシだよ。チュウさん」

チュウさん呼ばわりされて、倉持のまなじりがさっと上がった。

「ここ見てよ。噛《か》んでるよ」と神村は口を開けて中を見せた。続けて閉じられていた目を開け、上まぶたを少し強引にめくった。「溢血点《いっけつてん》がえっと、ヒーフー——五つもあるだろ」

倉持は横を向いたきり、聞こえないふりをしている。

「——だろう、カンちゃん、コロシだと思ったんだよ」

ひときわ高い声がしたかと思うと、門奈和広《もんなかずひろ》署長が階段の途中から顔を見せた。

「うん、モンちゃん、見てみて」神村が猫なで声で続ける。「顔にチアノーゼが出てるよね。こりゃ、やばいわ」

たまりかねたように倉持が声を上げる。「何でもコロシにすりゃ、いいってもんじゃねえ。だいたい、どうやって殺すんだ」

「いいから聞け」

制服を身にまとった門奈が倉持の体を押しのけて、死体のそばに膝《ひざ》立ちになる。

「死因は何かな？」

プラモデルの最後のパーツを組み込む少年のように、門奈が目を輝かせて神村に問いかける。

「絞殺だと思うよ。ここ」

神村が指したうなじのあたりに、長細い模様がうっすら浮かんでいる。

動揺を隠せない様子で上から覗き込んでいる倉持が、ふと思いついたような顔で、

「だって、吉川線《よしかわせん》がないですよ」と最後の抵抗を見せる。

首を絞《し》められたとき、逃《のが》れるためにとっさに自らの首に爪《つめ》を立ててできる傷だ。

「細いヒモで横からやられたら、吉川線はつかないかもだね」

神村の言葉にとどめを刺されたように、倉持は口を閉ざした。

「身寄りはどうだ?」

「はあ、大家によりますと、この店を借りたのは十五年前になりますが、ずっとひとり世帯だったようで家族はないそうですが」

と倉持が答える。

「保証人は?」

「この近所の方で、もうお亡くなりになっています」

お手上げとばかり長い息を吐く門奈の前で、神村と志田が着衣を脱がせるのを手伝う。死体を仰向《あおむ》けにさせ、帯をほどき、着物の前をはだける。そっと持ち上げた右手はびっくりするほど冷たかった。着物を脱がせ、襦袢《じゅばん》をそっと剝《は》ぎ取る。小ぶりな乳房が揺れるのを見るのが痛々しい。素っ裸になった全身を上から下まで三人がかりで観察した。

右肩から右脚にかけて、まだら模様に死斑が浮き出ている。

右肩と背中に小さなホクロ、太腿《ふともも》の外側に昔できたアザのようなものがひとつ。首回りに細い線が浮き上がっている以外、切り傷ひとつなかった。

志田が体温計を秘部の下のゆるまった穴に差し込む。一分かからず引き抜いた。

「えっと、三十三度五分ですね」

「西尾、死後経過時間はどれくらいだ？」

死体を前に、エネルギー保存の計算をさせるような口調で神村が訊いてくる。

「外気温を考慮に入れると……」

死後十時間までは、一時間ごとに一度、それ以降は〇・五度ずつ直腸温度は下がっていく。それに、外気温の要素を入れると――。

「外気温はいいから」

せかされるまま、「体温は三十六度だったとすると、約二時間半」と答える。

神村が深刻な顔で門奈を振り返った。「モンちゃん、ホシはまだそのへんにうろちょろしてるよ」

言われて門奈のこめかみに赤筋が浮かんだ。「倉持、走れっ」

「はっ」

門奈の言葉にただちに動き、小橋を伴って階下に下りていった。

門奈が階下に向かって、ふたり上がってこいと声をかける。

神村は早くもタンスの引き出しを開けて中を調べていた。着物が入っているようだ。

その横に並んで、押し入れの上段を眺める。柱にあるコンセントからガラケーの充電器のコードが伸びている。籐《とう》かごの中は、きちんと仕切られていて、ブレスレットや髪飾り、キーホルダーや鍵類が収められている。ポイントカードやICカード乗車券などのカード類を収めた分厚いカードケースも入っていた。三段の書類ケースには、出納帳《すいとうちょう》をはじめとして領収書やら請求書類が仕舞い込まれている。その上に置かれたコルクボードには、客たちと撮ったらしいキャビネ判の写真がピンで留められていた。

「やられてるなあ」

下から神村の声が洩《も》れたので、屈《かが》み込んだ。

衣装ケースが引き出されて、その中に収まっている下着類を覗き込んでいる。どれもきれいに折り畳まれ、スペースを取らないように立てて収まっているが、全体を見るとやや波立っているように見える。着物が収まっているタンスも同様に、ところどころめくれ上がったりしていて、不自然な乱れがある。

神村の脇に一通の預金通帳とキャッシュカードがあった。タンスに立てかけられたトートバッグの中に入っていたという。預金の残高は七万円ほどで、頻繁にATMでの出し入れをしていた。公共料金などが引き落とされた形跡はなく、ふだん使い用の通帳らしい。

神村が立ち上がり、押し入れの上段をひとわたり見回すとコルクボードに目をとめた。そこにある写真に見入るわけでもなく、手でボードの表面を撫《な》でながら、顔を近づけた。

「ここんとこに、もう一枚貼ってあったのかもね」

と上側の空いたスペースを指でなぞる。

コルクボードの最上部にピンがひとつ留められている。下にあるキャビネ判の写真より大きな写真が貼られていたのだろう。

でも、この際、あまり関係はない。

指紋採取を見守っていると、神村がいなくなっているのに気がついた。一階に下りる。神村はカウンターの中に入り、コンロにのっている鍋のふたを開けて中を覗き込んでいた。

「うまそうな鳥モツ煮だなあ」

いまにも味見しそうな感じで、おまけに素手で触っているので、「先生、手を」と声をかける。

「おっといけねえ」

言いながらそそくさと表に出て行った。

2

制服警官の脇で、迷彩柄のズボンに白のパーカー姿の女が両手を握りしめ見守っている。短めの髪をボーイッシュにまとめているが、年齢は六十に近いだろう。大家の飯塚《いいづか》さんです、と神村に紹介する声が耳に入ってくる。尋《たず》ねてもいないのに、この近くの米屋ですと言うと、下ぶくれした顔を深刻げに歪《ゆが》めて、

「ほんとうに死んでらっしゃるの？」

と訊いてきた。

「いやあ、残念ながら」

頭をかきながら神村が答える。

「あの……ご自分で？」

「それがまだ、どっちともわかりません」

ほぼ他殺とわかっているが、いまの段階ではあやふやにしておいたほうがよいと判断しているようだ。

「向井さんがこちらに入居されたのはいつですか？」

さっそく、神村が問いかけた。

「もう十五年ほど前に。最初は羽田空港の売店で働いてらして、ふつうにお住まいだったんですけど、五年前だったかしら、お店にしたいからって仰《おっしゃ》って。改築費は出すって言うもんだから、こんなようになりましたの」

あのとき断っていれば、よかったのかもしれないと言いたげだ。

「親しい方や親戚はご存じない？」

「それが聞いたことないんですよ。こんなご商売していらっしゃるけど、地味な生活されていらっしゃったし。ずいぶん昔、離婚して、ずっと独《ひと》り身だったようです。お子さんもいらっしゃるって、ご本人から聞いたことがありますけどね」

「店のお客さんはどうです？」

「そこそこ、繁盛《はんじょう》していたんじゃないかしら」

青木が太い体を近づけてきた。

「あちらが第一発見者の森川xさんだよ」青木は鼻声で建物の反対側に立っている体格のいい女性をちらっと振り向く。「このすぐ近くのリハビリ専門病院に勤めているけど、帰宅途中の六時ごろ、店の前を通りすぎたとき、店に暖簾が掛かっていないのに気づいて声がけしたら返事がなかったので、二階に上がって死体を見つけたと言ってる」

神村が森川に視線をやると、ちょこんと頭を下げた。カーキ色のニットカーディガンに九分丈のストレートパンツ姿。ショートヘアだ。眉毛が長く平たい顔で、目尻に寄った小ジワからして、四十代前半に見える。

「この近所にお住まい？」

青木は路地の先に手を伸ばし、「ここから五十メートルほど行った右手です。よくここに呑みに来るそうで、定休日以外は、判で押したように六時ちょうどに暖簾を掛けるのに、きょうに限って掛かっていないのでおかしいと思ったらしくて」

「定休日は？」

「火曜。ここ半年、それ以外に休んだ日はないということですけどね」

神村が森川に歩み寄り、「ちょっとよろしいですか」と声をかける。「森川さんがお店に入ったとき、明かりはついていました？」

森川は首の筋を浮かせて、手を横に振る。「お店も二階も明かりはついていなかったし、どうしたのかなと思って戸を開けたら、いい匂いがしていたので、もうお店の準備はできているんだなと思って。でも、明かりは消えてるでしょ。利栄さん、いるって声をかけたのに全然返事がなくて……。一階のトイレに呼びかけてもだめだし、つい気になって二階に上がってしまったんです」

そこまで言うと、肩をすくめるように唾《つば》を飲み込んだ。

「正確なお時間はわかりますか？」

美加が口をはさんだ。

「あ、ええと、病院を出たのは五時四十分ぐらいだったかしら。歩いて家まで二十分ですから、六時すこし前か、ちょうどだったと思います」

腕時計を見る。午後七時五分。ほぼ一時間前だ。

勤め先と名前をメモ帳に控える。

「お店はよく利用されますか？」

神村が訊いた。

「わたし、こちらに来て半年ですけど、週に一度くらい来ますし、常連客は毎日顔を出していますよ。十二時前に終わったことはないんじゃないかしら」森川が神村の肩越しに路地の向こうを見ながら手を上げた。「あ、坂部《さかべ》さん」

パトカーの脇から、腕を組んで覗き込んでいる六十がらみの背の高い男がぎくっとした表情を見せた。

「あの方、常連なんです」

すかさず神村が歩み寄り、坂部と呼ばれた男の腕を引いて連れてくる。オールバックにとかしつけた銀髪が額《ひたい》のあたりにかかっている。

店の二階で店主の向井利栄が亡くなっているのを伝えると、坂部は喉《のど》に石がつまったように苦悶の表情を浮かべた。「ほんとうなの？」

それに応えるように森川が何度も小刻みに首を縦にふる。

「えー、ちょっと待ってよ」

と坂部は上体を折り曲げ、膝に両手をあてがった。

「昨日は元気だったよ」坂部は店を指さす。「どうして死んだの？」

「昨日もお店に寄ったんですか？」

美加が訊いた。

坂部の息が荒くなってくる。

「あの……利栄さんは殺されたんですか？」

おずおずと横にいる森川が口を開き、それに反応した坂部がすっと背を伸ばした。

「殺されたって？」

見開いた坂部の目が血走っていた。

神村があわてて坂部を野次馬の見守る反対側に移動させた。

残された森川に坂部について尋ねてみると、

「二、三年前に金属関係の会社を定年退職されたと思います」森川が声を低める。

「向井さんはコミュニティセンターで社交ダンスをしていて、そこで知り合って通うようになったみたいです」

営業活動の一環で社交ダンスをやっていたのかもしれない。

「店に通うようになってから、どれくらいですか？」

「もう二、三年経《た》つんじゃないかしら」

神村の事情聴取を受けている坂部は、かなり旗色が悪そうだ。

森川からほかの常連客の名前を聞き出して別れる。

三十分後、検証作業が続いている店の前に門奈が姿を見せると、捜査員が集まってきた。怪《あや》しい動きをする不審人物は見つけられなかった、と倉持が第一声を放った。

「マル害に関する争いごと、トラブルの証言は出たか？」

門奈が突っ込みを入れる。

「いえ、ひとつもないです」

「身寄りは？　連絡がつきそうな人はいるか？」

倉持は抜かりありませんという顔で、

「妹がいます。離婚した旦那が川越《かわごえ》におりまして、両方に連絡が取れました」

「そうか、で遺体はどうするって？」

「引き取るのは拒否されましたが、息子さんから電話がありまして、今夜じゅうに署に見えられるということで」

門奈はほっとした表情で、「そうか、ならいい」と息をつき、すぐ「何か金目のものは出たか？」と問いかけた。

倉持が口を開いた。「見つかった通帳の銀行に送り込んだ捜査員によりますと、向井さんはもうひとつ別口の通帳を作っておりまして、六十万円近い預金があったそうです」

門奈はぎょっとしたように、「その通帳はあるのか？」とたたみかけた。

「いえ、見つかっておりません。キャッシュカードも同様です」

「強盗殺人じゃねえか」

一段と門奈の顔が引き締まる。

「それと、六時前後に向井さんは、弁天橋通りにある豆腐屋さんに豆腐と油揚げを買いに行っています」倉持がのんびりした口調で続ける。「歩いて五分ほどです。往復でも十分足らずですね」

「ふーん」

青いビニールシートで目隠しされた中を、遺体が運び出されてきた。横付けされたワゴン車にのせられて、蒲中署《かまちゅう》に向かって走り出すのを見送る。

「店に出入りする不審人物はいたか？」

あらためて門奈が口を開いた。

「客以外に不審人物はいないようです」倉持が路地を見渡しながら答える。「見てのとおり、駅や商店街から離れておりまして、ふだんから人通りは多くないですから」

古くから住宅街になっているこのあたりは、東に海老取川《えびとりがわ》、南側は多摩川の河口に囲まれている。橋一本へだてた向こう側は羽田空港の敷地になっていて、いわば陸地のどんづまりに当たる。流しの盗人が入り込むような土地柄ではないのだ。

「カンちゃん、常連客のひとりがいたんだって？」

思い出したように門奈が神村に訊いた。

「あ、いたよ」

「そいつ、何か言ってた？」

「泡食ってたけどね。どうも、奥さんに内緒で通っていたな」

「マル害に入れ込んでたの？」

「そうだね。かなり」

かりに坂部の犯行としたら、興奮が収まりきらなかったはずだ。いてもたってもいられず、いずれは警察の捜査線上に自分も上がるだろうから、という意識が働いて検証活動を見守っていたのかもしれない。

鑑識員の志田が報告をはじめる。

「……現場指紋は六つほど取れています。ゲソ（下足）痕は見つかっておりません。そのほか毛髪、体液等もいまのところありません」

「店の常連客はどうだ？」

「はい、五名ほどわかりました」美加が言う。「いずれも男性です。坂部芳次《よしつぐ》さん、塚田和也《つかだかずや》さん、船岡昭雄《ふなおかあきお》さん、畑中政司《はたなかせいじ》さん、玉田陸人《たまだりくと》さん。みなさん、ご近所になります」

「ほかは？」

「表通りにある酒屋さんが店に酒を卸《おろ》しています」青木がつけ足した。「二日に一度、専門業者がおしぼりを納めているそうですが、こちらは毎回、人が代わっています」

「トラブルもないし、不審者もいない……」門奈は息を長く吐いた。「ほかはないか？」

門奈が声を発すると、青木が小菊の隣家を指さした。「こちらの奥さんが一階で夕食の支度をしていたとき、上の方から鈴が鳴るような音が聞こえたと申しておりますが」

「二階の現場からか？」

門奈が意外そうな顔で訊いた。

青木は顔をしかめ、「テレビを大音量で点けていたそうで、方向は定かではないようです。ただ上の方からというだけでして」

神村が反応した。「どんな音だった？」

青木は意外そうな顔で、「だから鈴の音だよ」と答える。

「高い音？　低い音？」

青木はピンと来ないようだった。

「それって重要なの？」

門奈に訊かれて、かなりね、と神村が言った。

それを受けて門奈は青木と小橋を促《うなが》し、もう一度聞き込みをさせた。

すぐ戻ってきた青木があまり気乗りがしない顔で、

「えっとですね、どちらかというと低かったようなことを申しております」

「じゃあ、陶器製？」

青木は首を横に振った。そこまでわからないようだ。

神村がしきりと首を手で擦《こす》りながら、現場の二階を見上げたり、深刻そうな顔で腕を組み考え事をしだした。いきなり、「これはモンちゃん、急がないと」と低い声でつぶやいた。

「何々？　急いでどうするの？」と門奈。

「大至急、捜査を徹底しないとおミヤ入りになっちゃうかも」

門奈の眉毛がぴんと逆立《さかだ》った。「あのさぁ、どうする？」

「まず指紋の照合。現場の徹底的な検証、マル害の交友関係の洗い出しとマル害の携帯の通信履歴の確認、それから預金先の銀行ももっとくわしく調べないといけないね」

身を硬くして聞き入っていたわりには、ごく当たり前の捜査方針だったので、やや門奈は拍子抜けしたようだった。それでも、捜査員の顔をひとわたり眺め、

「聞いたな。ただちに関係者指紋を全員分採《と》ってこい。銀行にも行け」

と声を張り上げた。

現場に残っていた指紋と照合すれば、被疑者があぶり出されるかもしれないからだ。

「今晩中だぞ、いいな」

さらに声がかかると、捜査員たちは互いに得た情報を突きあわせながら、薄暗い住宅街に散っていった。

3

午後十一時すぎ向井利栄の長男の前原浩樹《まえばらひろき》が署に現れた。

黒い綿シャツにグレーのニットセーターを着込み、ジーパンというラフな格好に加え、シャギーカットした髪と相まって、三十を超えているのに学生っぽい雰囲気の抜けない容貌《ようぼう》をしていた。都内のグラフィックデザイン関係の事務所に勤めているという。利栄の子どもは、浩樹ひとりだ。

門奈の丁重な挨拶《あいさつ》に、かしこまった感じで何度も頭を下げ、霊安室に案内される。向井利栄の骸《むくろ》と対面したとき、息を呑《の》み、触れようともせずにその場に佇《たたず》んでしばらく動かなかった。

線香をたむけたのち、門奈からひととおりの事情を耳に入れた。お母さんとは、いつお会いになりましたかとの質問に、

「家を出て行ったきりでした」

とだけ答えた。

「失礼ですけど、家を出られたというのは……」

「ぼくが十二のときだったと思います」

面食らった。小学校六年生のときではないか。

それ以来会っていないというのは、よほどこみいった事情があるのだろう。

神村も珍しく真顔で聞いている。

倉持がやや事務的な口調で、家を出たときのことや離婚にまつわる話について訊いた。やはり、言葉は少なかった。

「亡くなった父方の祖母と同居していましたが、とっても折り合いが悪かったようです……母は近くのレトルト食品の工場に勤めていたと思いますが、その給料をぜんぶ取られて、けっこう生活は苦しかったです……」

「お父さんのご職業は？」

「定職にはついていませんでした。十年来、会っていません」

「きょう連絡が行ったのは、お父さんから？」

「いえ、母方の叔母からでした。オヤジの居所は知りませんし」

利栄はときたま、妹と連絡をとりあっていたのだ。

ふと思い出したように、浩樹はテーブルに載《の》せられた遺品類の中にある写真を手に取った。利栄の住まいに残されていた写真だ。大きな山門を背景に利栄を真ん中にして、五人の常連客が写っている。どこで撮った写真でしょうかと浩樹に訊かれたが、わかるはずがなかった。

「……そういえば、その叔母から聞いたのですが、一昨年、都留《つる》市の介護施設に母方の祖母が入っているので、会いに行ったんです」浩樹が言った。「そのとき、母と入れ違いになりました」

「そうだったんですか、それは残念でした」

門奈が口を添えた。

遺品をひとつずつ説明していく。

ふだん使いの通帳や古びたアルバムや装飾品、鍵《かぎ》やカード類だ。いずれお返ししますが、しばらくお貸し下さいと門奈がつけ足す。六十万円近い預金のある通帳とキャッシュカードが盗まれた件も伝えたが、ただうなずいただけだった。倉持から遺体の引き取りの手はずを黙って聞く。絞殺《こうさつ》であると思われるが、念のために司法解剖したい旨を伝えるとあっさり承諾した。

玄関までお送りしろと命令されて、美加は霊安室をあとにした浩樹のあとについた。

美加の存在が気になるようで、

「あの……苦しんで亡くなったんですか？」

とちらちら振り向きながら訊いてくる。

「それは、たぶん、ひと息だったと思うので、すぐ意識がなくなっただろうと思います」

美加は答えた。

やや安心したように、

「やっぱりなって思って」

「何がですか？」

「料理、上手だったんですよ」

そう言ったとき、はじめてちらっと笑顔を見せた。

料理上手が小料理屋の開店につながったと判断しているようだった。それは間違っていないかもしれない。

「デザイン関係というと、どのような会社にお勤めですか？」

つい、口に出した。

「板橋区の志村《しむら》にあるちいちゃな事務所です。社内報やチラシなんかを請《う》け負ってます。給料は安いけど定時で帰れるし、娘と遊んでやれますから」

家庭を持っているようだ。いいお父さんなのだろう。

正面玄関から出て行くとき、あらためてこちらを振り返った。

「どうか、犯人を捕まえてください」

深々とお辞儀《じぎ》をして出ていく後ろ姿を神村とともに見守る。

「ここまで来るあいだに、いろいろとあったんだろうな」

ぽつりと神村は言う。

署長室では志田がソファの机に、指紋原紙を複数広げて報告をしていた。

門奈と倉持が腕を組み、立ったままそれらに見入っている。

「いま照合が終わりまして、三名が一致しました」

現場の部屋の見取り図を広げ、採取した場所を指す。

「おう」と倉持が応じる。

「坂部さんがこちら」と志田は階段を上りきったところにある柱を指した。

船岡が窓の錠前付近と長机の上、玉田が最も多く、テレビのリモコンや押し入れの衣装ケースの蓋《ふた》まで、合わせて四つ見つかっている。

「みんな、おとなしく指紋採取に応じたようなんですがね」倉持が興味深げに声を発する。「まあ、ホシはこいつらのうちのだれかでしょう」

「やっぱりか」門奈がしみじみした口調で続ける。

利栄の携帯には、この三人の携帯電話の番号が登録されている。通話履歴も残されており、二日前に玉田が一度、三日前に船岡が利栄の携帯に電話を入れていた。

「どうだろうね、モンちゃん」

神村は霊安室から持ってきた遺品類を調べている。

ヒモでくくられた鍵束には、錆びたものから、頑丈《がんじょう》そうなものまで八個の鍵がつながっている。判別できるのは店の鍵だけで、ほかの鍵の用途はわかっていない。カードケースからカードを一枚ずつ抜き取り、七並べのように机に置いていく。緑色のカードを手にしたとき、その手が止まった。

カードにはAアクセスとある。１１７と数字が印字されており、裏側にはうっすらと五桁《ごけた》の数字が鉛筆で書き込まれている。暗証番号かもしれない。

門奈は神村から無視されても、気にもとめずに小菊の常連客が写っている写真を舌なめずりするように見つめている。

美加もホシは三人のうちの誰かだろうと思った。女ひとり世帯の寝室を兼《か》ねる二階に男の指紋が多数残っているのは不自然この上ない。やはり、何らかの男女関係のもつれが原因となって、殺害に至ったと見るのが自然のように思える。

「あの……ほかの指紋や掌紋はありましたか？」

美加が訊くと志田は渋い顔で、

「ないよ。手袋のみたいな跡はあったけど、たぶんマル害のだろうしね」

と答えるだけだった。

「手袋の跡はどこで見つかったの？」

神村が口を出した。

「あちこちにあったよ。タンスとか携帯なんかにも」

「携帯？」

「洗い物の途中で上がったんじゃない」

よしと言うと、門奈が大きく股を開いて立ち上がった。「カンちゃん」と神村の顔を見る。「常連客全員に明日の朝一番で聞き込みをかける。ボロを出したやつがホシ……という感じでいいよね？　カンちゃん」

「その線でいいと思うよ」

神村は将棋を指すような、のんびりした顔でカードを調べている。

4

船岡工業は弁天橋通りの一本北を東西に走る道路沿いにある。二階建ての小さな工場だ。セダン二台分ほどの駐車スペースがあり、開いたシャッターの奥で旋盤機《せんばんき》が火花を散らしていた。金属臭が漂う敷地内に入り、旋盤機を操作している従業員に社長さんはご在宅ですかと声を張り上げると、二階にいますと返事を寄こした。

神村に先立って狭い急な階段を上り、ドアを開く。がらんとしたスペースの端にスチール机が置かれ、そこに座っている丸顔の白髪がちの男が顔を上げた。黒いとっくりシャツの上にワインカラーのダウンベストの前をあけて着ている。口の周りを囲むラウンド髭《ひげ》に白いものが混じっていて、六十二歳という年齢相応の風貌《ふうぼう》だった。

「船岡社長さんでいらっしゃいますか？」

声をかけると、腫《は》れぼったい目をしばたたいて、「そうだけど」とつぶやくように言った。

蒲田中央署を名乗り、向井利栄の名前を出した。船岡昭雄は返事に迷うような顔で、「ゆうべ、指紋は採られたよ」と口にした。

小菊の二階に指紋を残していた人物のひとりだ。

向井さんに面識のあった方々から話を訊いておりまして——次に出すべきフレーズを頭に描いたところに、

「ははは、社長、そう硬くならなくてもいいよ」

神村が後ろから明るい声で呼びかけたので、はしごを外された感じだった。

船岡は戸惑ったように作り笑いを浮かべながら神村を見やった。

「向井さんがお亡くなりになったのは社長もご存じでしょ？」

船岡は口を引き結んでうなずいた。

テレビのニュースや新聞記事にはなっていないが、昨夜の指紋採取で捜査員が伝えたはずだ。それに、近所ではそこそこ広まっているだろう。ことに、小菊の常連客のあいだでは。

「しかし、ここ広いねー」

神村が続ける。

「ここにも機械があったんだけど、処分しましてね」

船岡が応じた。

「機械関係の部品を作ってらっしゃる？」

神村がバインダーの背表紙を見ながら訊いた。

「鉄道車両の部品や医療機器の精密部品なんかを切り出してますよ」

「従業員は何人いるの？」

「わたし含めて四人。ここ十年、同じメンバーですけどね」

「取引先をしっかり確保しているわけですな？」

船岡は気を許したように、席を立ち窓際に寄った。「無理ばかり言ってきたり、たまにしか仕事をくれない客もいるけど、発注元があってこその仕事ですから」

とはいえ、不景気な昨今、運転資金の借金が銀行にあるのではないか。

「それでこそ羽田の町工場ですな」神村は調子を合わせるように両手を叩《たた》いた。「ところで、小菊のママの手料理、なかなかのもんじゃなかったですか？」

やや面食らったようだったが、船岡は横顔を見せたまま、

「そうだね。鳥モツ煮はピカイチだよ。馬刺しも生姜《しょうが》をつけてワインでキュッとやるのがいいんだよ」

目尻が少し下がった。

「ほー、その様子じゃ、社長、かなり通い詰めた口？」

船岡は頭をかきながら、「まあそこそこは」と答えた。

「鮮度が命でしょ。どこから仕入れてたのかな？」

「あの人の田舎からだよ」

「山梨？　向こうはそれが名物なんですか？」

美加が口をはさんだので、船岡が振り返った。

「ほうとうなんか食べたことないかい？」

こちらが尋問を受けているような気がして、ここは切り返さなければと思った。

「あの、最近、向井利栄さんがお変わりになった様子などはありませんでしたか？」

美加が問いかけると、ふいに厚い雲が張り出したように、疑い深い表情を見せた。

「あの人、殺されたらしいけど、わたしが疑われてるの……」

美加は首を横に振る。「いえ、関係している方々をお訪ねして、お話を伺っているだけですから。あの、何かお気づきの点がありますか？」

「ないよ。これっぽっちも」

心外とばかりに口にする。

ここは核心に切り込まなくてはならない。

「工場はふだん何時に終わりますか？」

「うちはだらだらやらない。五時には終わる」

「昨日の午後六時前後、社長さんはどちらにいらっしゃいましたか？」

「ビールが切れていたんで、この近くのスーパーに買いに行った」

行った先を尋ねると、百メートルほどの距離にあるスーパーを口にした。

「銀行の借り入れはありますか？」

「このあたりの工場で銀行の世話になってないところはないぜ」

あっさりと認められて、それから先が続かない。

ショルダーバッグから、利栄宅にあった写真を見せた。船岡は利栄の右横にぴったり張りつくように立っている。これはどちらで撮った写真ですかと問いかけると、物珍しそうに写真を覗き込み、深大寺《じんだいじ》だねと答えた。

「調布《ちょうふ》の深大寺？」

神村が口をはさんだ。どことなく懐かしげな表情だ。

「そこしかないよ。去年の秋にみんなで繰り出したときの写真だな」

常連客同士でも仲がよかったのだろうか。上辺《うわべ》だけかもしれないが。その下でひとりの女をめぐってドロドロした駆け引きが行われていたのではないか……。「利栄さんて、社交ダンスが趣味だったんでしょ？　社長さんもやるの？」

神村が話題を変えたので、船岡が息をついたように表情をゆるめた。

「しないしない、ガラじゃねえもの。坂部に訊いたらどうだい」

「その方もご常連？」

神村がとぼける。

「そうだよ。いつも顔出してら」

「ほかに、ご常連はご存じ？」

「玉田なんかから話は訊いたのかね？」

指紋が最も多く検出された玉田陸人だ。三十一歳。一昨年、引っ越してきた独身男だ。一時は大森《おおもり》駅や蒲田駅で〝駅寝〟していたらしい。現在はフリーターを自称しているが、大家によれば家賃はきちんと振り込まれているという。そちらは別の捜査員が聞き込みに出向いている。

「小菊の先行ったところのアパート。ろくに仕事もしねえで、年中ごろごろしているぜ」

「ほー、そうだったんですか」

大げさに神村が驚いてみせる。

「競輪に入れ込んで、あちこち借金こしらえてる」

「そんな話までするの？」

船岡は目を剝《む》いた。「一杯呑みゃ、すぐどこそこのサラ金の金利は安いだのっていう話になるからさ。だいたい、利栄ちゃんが甘やかすからつけあがるんだ」

「甘やかしてたの？」

「だって、やつだけツケでOKだぜ。ちゃんと支払ってるのか怪しいもんだ。利栄ちゃんのお袋さんが入っている山梨の施設にも、クルマでお供しやがったし」

どことなく焼き餅を焼いているようにも見える。

「よし、これから行ってみますよ」

調子に乗ったように神村が言い、事務所をあとにする。

昨晩、船岡昭雄が取った行動のアリバイを調べるため、母屋《おもや》にまわり船岡の細君から話を聞いた。五時すぎに一度帰ってきたが、しばらくしていなくなった。夕食は七時に近かったかもしれない、ということだった。スーパーは歩いて五分ほどの距離にあり、ビールの買い出しに一時間以上かかるはずがなかった。小菊に出向いて、犯行に及ぶ時間は十分にある。

馬刺しをワインで呑むと口にしたときの表情がよぎった。遊び人の雰囲気が漂っていたように思えた。利栄ちゃんとちゃん付けで呼んだときの口元も然《しか》り。

細君が口裏を合わせているようには思えなかった。内緒で船岡は小菊のママと懇《ねんご》ろになり、以前から不貞な関係を持っていたのではないか。昨晩も船岡が言い寄ったが、それを拒まれてしまい、ついケンカになり、その結果、首を絞めた……。

スーパーに立ち寄って防犯カメラの映像を見せてもらった。船岡らしい人物は映っていなかった。

5

塚田整骨院は多摩《たま》川沿いにある漁業組合の近くにあった。整体師がふたりいて、髪の毛の多い四十がらみの男が、塚田和也を名乗り、施術用のベッドに案内された。目隠しするようにカーテンを引いてまわりから遮《さえぎ》ると、御用聞きのように両手を合わせて身を屈め、「あの……何か」と遠慮しいしい訊いてきた。

「お亡くなりになった向井利栄さんは、こちらをよくお使いになっていたと伺っていますが、いかがですか?」

美加の問いかけに対して、昨晩も同じことを問われたらしく、表情ひとつ変えず、「そうですね、だいたい、週一ペースで」と神妙な顔で答える。

「どこかお悪いところはありました?」

「足が冷えるとよく仰《おっしゃ》っていたものですから、下半身マッサージや鍼《はり》を打たせてもらいましたが」

「先週の金曜日にお見えになったと伺っていますが、そのとき向井さん、変わった様子はありませんでしたか？」

塚田は腕を組み、顎《あご》に手を当てた。「これといっては……いつもと同じ感じでしたけどね」

「小菊にはいつもおひとりで行かれますか？」

「ひとりですけど。鳥モツ煮が妙に癖になってしまって。ママって愛想がいいし、冷酒を一杯引っかけて、一時間くらい粘るかな」

「ほかのご常連さんとはよくお話しされましたか？」

塚田は首の後ろのあたりをさすった。「坂部さんや船岡さんとは、仕事のことなんかを」

「ふだんはどんな話で盛り上がりますか？」

「あの若いひと、何ていったかな……」

「玉田さん？」

ぽんと手を打った。「そうそう、彼氏なんかを肴《さかな》に、よくからかったりして。カネもないのに、よく来るなとか。ちょっと、ひどいなって思ったりもしましたけどね」

船岡も似たようなことを言っている。

「それで口論になったりしなかったんですか?」

塚田は苦笑いを浮かべた。「そこまでなったのは見たことないですけど」

じっと佇んでいた神村が口を開いた。「あなた、小菊の二階で直接、利栄さんに施術することはあった?」

無遠慮な問いかけに、塚田は手を勢いよく振り、必死で否定した。

「ないない、一度もしたことないですよ」

神村はニヤリと笑みを浮かべ、

「ほんとう? ほかに、利栄さんに関する話題は何かなかった?」

「そうですねー、特には」ふっと塚田は天井を見上げた。「ママはたんまりカネを貯《た》めこんでるぞ、って誰かが言ってたな」

「……どなたが仰いました?」

「さあ、覚えてないなぁ」

「また、何か思い出したら電話してね」

神村は名刺を渡して、さっさと院を出て行った。

次はどちらに、と口にすると、神村は車の前で背筋を伸ばしながら、

「深大寺に行ってみるか」

と遠足に出かけるような楽しげな感じで口にした。

「深大寺……何のために行くんですか？」

「ちょっとした確認だな」

神村はさっさと後部座席に乗り込んでしまったので、聞きそびれてしまった。

カーナビにセットして、車をスタートさせる。

世田谷《せたがや》生まれの神村なので、深大寺は近かっただろう。それで、さきほど懐かしそうな表情を見せたのだろうか。

「先生」と美加は声をかけた。「常連客の中で誰がいちばん怪しいと思いますか？」

「うーん」神村はうなり声を上げた。「どいつもいまいちだなぁ」

「鳥モツ煮って、なんだか食べたくなっちゃいました」

「西尾は食べたことないか？」

美加はルームミラーで神村の顔を見た。「ありませんよ、先生あるんですか？」

「あるある。甲府で二度食べた。鳥モツ煮とラーメンセット定食。確かに癖になるなぁ」

「妙な組み合わせですね」

「それで塚田が言うように、たんまりカネを貯めこんでるって？　どうだろうな」

「でも、火のないところに煙は立たないし」

助手席に置いたショルダーバッグの中のスマホが震えた。

抜き取って耳に押し当てる。

「……おい、どこで油売ってる」

倉持の野太い声が響いた。

「あ、いま、深大寺に向かっている途中ですけど」

「何、油売ってるんだ。強盗容疑で玉田陸人を逮捕した。すぐ戻ってこい」

それだけで通話が切れた。

「先生、戻ります」

有無を言わさず交差点でUターンし、スピードを上げた。

わけがわからなかった。どうして、玉田が強盗などで逮捕されたのだろう。

6

細身の体に黒のスキニーパンツを穿《は》き、ピンクのロングパーカー。マジックミラー越しに見る玉田陸人は、両手を垂らした格好で、取り調べに当たる富田《とみた》警部補の顔をチラ見している。あごの細い神経質で冷たい印象を与える顔立ちだった。茶色く染めた髪を額の真ん中で分け、無造作に耳のあたりまで伸ばしている。

「……よく見ろよ、これ」

富田が写真を手でかかげて、玉田の眼前にかざした。

刑事課強行犯係の係長だ。団子鼻で首が短く、話しかけるとつい怒り肩に見えてしまうのが難点だが、落としの技術は署でも一、二を争う存在だ。

玉田は一瞥《いちべつ》しただけで、ぷいと顔をそむけた。

本日午前八時十五分、羽田三丁目のコンビニのATMで、盗まれた向井利栄名義のキャッシュカードを使って、五万円を合わせて四回、計二十万円を引き出したのが判明し、通常逮捕されたのだった。すでに家宅捜索も終えている。暗証番号の書き込まれた通帳やキャッシュカードも見つかっている。そして、ふたつとも、氏名欄はマジックで黒く塗りつぶされていたのだ。

「親しくしてもらっていたな」富田が問いかける。「カネがないって言えばメシも出してくれたそうじゃないか」

「それって、一度か二度ですよ」

たまらないという表情で玉田が反論する。

「おまえの実家は千葉で雑貨屋をやってるそうじゃない。心配して家から電話がかかってくるだろ?」

最低限の仕送りは受けているようだ。

「はあ、いま、こうしてる、ああしてるって言うのが面倒で」

「だったら、コンビニでもどこでも働いてみたらどうだ」

「この歳《とし》だと、高校生とか若いのが多くて、そいつらと仲良くやれそうにないんで」

「わかった、わかった」富田が手で遮った。「本筋に戻る。ちょっと、向井さんも不用心だったな。暗証番号を生年月日にしてあったんだからなあ」

「店に来る連中はみんな、知ってますよ。誕生日プレゼントで櫛《くし》とか堂々と贈ったりしてるし」

富田の目がぱっと見開いた。「だからって、通帳を盗んでいいと思っているのかっ」

いまにも嚙みつかれそうな勢いだったので、玉田は後ろにのけぞった。

「……盗んでないって」と苦しい言い訳をする。

富田は身を乗り出した。「どこで盗《と》ってきた？　また、ゴミ置き場に捨ててあったなんて通用せんぞ」

防戦に回っていた玉田が拳《こぶし》を握りしめた。

「だって、そのとおりじゃないか。落ちていたもの拾っただけなのに……」

言葉尻が怪しくなる。

富田はビニール袋に入った向井利栄の通帳を手に持った。

「いいか、これに足が生えて、おまえの部屋にぺたぺた歩いてやって来るか？　どうなんだ」

通帳を机に叩きつけられ、玉田がびくっと体を動かした。

「だってさ、そいつ誰のものかもわからねえじゃん」

「つべこべ言うな。引き出したのか、引き出せなかったのか、どっちなんだ？」

「そりゃ、出したけどさ」

つい乗せられたように、玉田は犯行を認めた。

玉田の言い分も当たっていないわけではない。

通帳の表と中にある向井利栄の名前はマジックで黒々と塗りつぶされているのだ。

もっともそれは、玉田が引き出す前に自らそうしたに違いないのだが。

すぐ隣で見守る門奈署長は、美加と神村が監視室に入室して以来、ずっと貧乏揺すりをしている。倉持も同様に首を長くして落ちるのを待っていた。

「さてと、次に行くぞ」富田が続ける。「昨日の夕方はどこにいた？」

「アパートに決まってるじゃないっすか」

「それ、証明するやつがいるか？」

「んなもん、いやしねえよ」

富田がにんまりと笑みを浮かべる。「ほんとうは、小菊に行ってたよな」

「行ってないって、さっきからずっと言ってるでしょうが」

富田はすっと身を引くように、「常連客の話でもしようじゃないか」と視線を泳がせる。

「老人の皆さん、お盛んでしたよ」

「ほう、どんな具合に？」

「おれ、二階に上がっていくの見たもん」

「誰が？」

「それ言ったら、出してくれるの？」

「ことと次第によっちゃーな」

玉田はいいかげん疲れたような顔で、両手を頭の上にのせて反《そ》り返った。

「じいさん方、酒は強《つえ》えし、あれ作れ、これ作れって、メニューにないもんばっかし、ママに作らせてた」

悪事を働き、それを認めたのちも、この態度はなかなかのタマだ。

「いつもいつも盛り上がったか」

富田が調子を合わせる。

「だね、トランクに詰めたの見せてよって、誰か言ってたな」

ふと思い出したように口にした言葉に、神村が弾《はじ》けるように立ち上がった。

そうか、とつぶやきながら、部屋を出て行った。

あわててそのあとにつく。神村は取調室と続き部屋になっている刑事課に戻り、向井利栄宅から持ち帰ってきた品々が入った段ボール箱の中から、カードケースと鍵束を取り上げて刑事課を出た。署の裏手に停めたアスリートに乗り込む。美加が助手席に飛び込むと同時に、神村はアクセルを踏み込んだ。

「先生、どこ行くんですか？」

訊いても返事はなし。こうなれば、どこまでも張りつくしかない。

環八を東に向かう。脇道に逸れ京急空港線の高架下を走り抜け、すぐに右折した。産業道路を突っ切ったところで左折し、一方通行の狭い通りに入った。マンションの脇で停まり、二台分しかない駐車場にアスリートを停める。すぐ横に外階段が取りつけられていて、自転車がまとまって置かれていた。マンションの裏口のようだ。クルマから降りて、裏口のドアの前に立った。でかでかとシールが貼られていた。

Aアクセス。収納でお困りの方はご連絡下さい。

マンションの一階部分がトランクルームになっているようだ。

神村がドア横にあるテンキー部分に利栄宅にあったAアクセスのカードを差し出し、暗証番号らしい数字を押すと、ドアのロックが外れる音がした。

ドアを開けて建物に入った。照明がまぶしい。すぐ前に小ぶりなデスクがあるが人はいない。その先に狭い通路が続いている。神村が壁にある案内板らしきものを指でなぞっている。

ここは家庭や職場で置き場所がなくなった品物を有料で、一時的に保管しておく場所だ。しかし、現金や宝石類などの貴重品類は置けないはずだが。

「えっと117……ここだな」

位置がわかったらしく、七十センチほどの幅しかない通路を神村は急いだ。突き当たりをさらに右に曲がり、しばらくいって今度は左にとった。迷路さながら行き着いたのは、上下ふたつに仕切られた戸の前だった。

117と緑色の数字で書かれたプレートが貼りつけられていた。

神村は手にした鍵束の中から、それらしいものを選んで、南京錠に差し込んだ。回すと音がして錠前が外れた。

戸を開くと黒っぽいフィギュアが目に飛び込んできた。卵を縦にした形の赤い大きな目と胸の部分に昆虫のような緑色の覆いがついている。両手両足に銀色の手袋とブーツをつけ、首に赤いマフラーを巻きつけていた。昭和の時代から始まり、いま現在も人気のあるテレビシリーズのキャラクターだ。ふつうの人間が変身して、悪の権化《ごんげ》たちと戦うものだ。

フィギュアが立てかけられた収納ケースの上段を引き出すと、同じキャラクターのフィギュアやキャラクターが乗るオートバイのプラモデル、そして、大きなベルトやトレーディングカードなどがびっしりと詰まっていた。かなり古そうだ。

下段のケースも、同じキャラクターグッズで埋まっていた。年代が新しくなり、色や形が変わったフィギュアも多い。

ため息をつきながら見入っている神村が、「こいつが金目のものか」とつぶやいた。

スマホを取り出し、オークションのサイトで同じものを検索してみた。高いものでも五千円程度。千円に満たないものもある。このトランクに収まったすべてのものを売りに出したとしても、せいぜい二十万円くらいだろう。

小菊の常連たちのあいだで囁《ささや》かれていた正体を目《ま》の当たりにして、拍子抜けしたような気分だった。

そうか、と神村はトランクの底を叩き、戸を閉めて錠前をかけた。

迷路を後戻りして、トランクルームを出る。

またしても運転席に乗り、美加は助手席に収まった。

説明するのがもどかしいような顔で、アスリートを走らせる。

五分とかからず、船岡工業の前まで来た。

産廃業者のトラックが停まり、切削《せっさく》クズを引き取る最中だった。トラックが走り出し、空いたスペースにアスリートを押し込む。

船岡昭雄がこちらを振り向いた。神村がクルマを降りて船岡に歩み寄る。

いったい、何事なのだろうと思いながら、その背中についた。

「社長」

神村が声をかけると船岡は驚いたように唇を強く引き結んだ。

「小菊の二階の写真だ」神村が続ける。「何が写っていた?」

船岡はいったん結んだ唇をぽかんと開けて、まじまじと神村の顔に見入った。

先生はいま、何て言ったの……?

「……写真?」

「そうだよ。あんたも、あの二階に上がって、利栄さんと懇ろになっただろ。何度もだ。しらばっくれるな」

声を荒らげたので驚いた。船岡も身を引いた。

「押し入れのコルクボードに貼られていた写真だ。何が写っていた」

船岡は視線を外し、しきりと考える素振りを見せた。

「あんたが上がり込んでいるのはわかっているんだ」

神村がさらに一押しすると、ようやく船岡は神村を見た。

「……利栄ちゃんとお袋さんが写っていた」

「ほかは何が写っていた？」

「介護士みたいなのが三、四人と……」船岡は視線を遠くにおく。「ピンク色の花の木の下だ」

「何の木？」

「たぶん、桃の花だよ」

しまった、という声が神村の背中から洩れた。

7

午後二時ちょうど。

切り妻屋根の小ぎれいなアパートだ。一階と二階に二戸ずつ、合わせて四戸。小菊のある通りの一本南側の通りの角だ。階段を上り、奥の部屋の呼び鈴を鳴らすと、女性の声がしてドアが開いた。長い眉毛の下にある一重まぶたを細め、じっとこちらを窺《うかが》う。

第一発見者の森川久美だ。女性にしては肉厚な体型に白ラインの入ったぴっちりしたルームパンツにコットンの長袖シャツを着ている。オフの服装だ。

「……あの」

ドアから身を離しながら、森川が口を開く。

「きょうは病院の方はお休みと聞いたものですからね」

森川は耳にかかる短い髪を手ですきながら、

「あ、はい、土曜日は出になっているので」

言葉少なく答える。

通路の先に、小ぶりなベッドが窓の前に横向きで置かれているのが見える。

「向井利栄宅への強盗容疑で家宅捜索令状が出ています」

事務的な口調で神村が発する。

「えっ」

森川は小さく反応した。

一時間前に交付されたばかりの令状を見せて、ラテックスのゴム手袋をはめ、靴を脱いで上がり込む。美加も続いた。通路の右側に台所、反対側には三面鏡つきの洗面所と風呂がある。リビングには十着ほど服が掛かったハンガーとテレビが載せられた台が並び、それに向き合う位置に座卓と三段のタンスがあるだけだ。

神村が部屋の中をじっと眺めているあいだに、美加は打ち合わせ通り、手前にあるタンスの前で膝をつく。いちばん上を引き出した。

ズボンや作業衣が平らに折り畳まれて、しまわれている。

ひとつひとつ手に取り、すき間をチェックする。ない。

二段目には、Tシャツや下着類がおさまっている。同様に捜し物は見つからない。

三段目に手をかけたとき、
リリン——。

鈴の音がした。

神村がハンガーにかかっていたベージュのスプリングコートのポケットから、白っぽいものを取りだした。ゴム手袋の上に土鈴《どれい》が載っていた。ピンと立った長い耳と小さな口から、ウサギの形をしているのがわかる。

あっ、と声を出して、森川が足を踏み出した。

「利栄さんの干支《えと》だな」

神村が森川を睨《にら》みつけて言い放った。

森川がその場で固まった。神村が大事そうに証拠保存用のビニール袋にしまうのを放心したように眺める。

顔に冷たい空気を感じて玄関を見ると、細めに開いたドアから覗き込む門奈の顔が見えた。

「モンちゃん」

神村に叱《しか》りつけられたので、あわてて首を引っ込める。

まったく困ったものだ。

神村の顔に安堵《あんど》の色が広がっていた。大事な証拠の品が、まだ捨てられずに残っていた。

土鈴にはおそらく、向井利栄の指紋が残っている。

森川による犯行の動かしがたい証拠になるに違いない。

「この鈴はどこで買ったのかわかる？」

神村が問いかける。

森川は信じがたいといった表情で首を横に振るだけだった。

「去年の秋、小菊の馴染《なじ》み客が利栄さんを連れて、調布の深大寺に遊びに出かけたときに客たちがプレゼントしたんだよ」

森川は頭をやや後ろに倒した。はじめて聞いたという顔だ。

「昨日、あなたが利栄さんの部屋で家捜《やさが》ししている途中、押し入れの上段にあったこの鈴を落としてしまって、あわてて拾い上げコートのポケットに入れたんだね？」

まるで見ていたように言われて、森川は返事すらできない様子だった。

「利栄さんの通帳はキャッシュカードと一緒にビニール袋に入っていたけど、それをあなたは見つけた。衣装ケースの中だったかな?」

六十万円の預金が入っている通帳だ。

森川はアイコンタクトを避けた。

神村がスプリングコートをつまんだ。「それも、これにしまったよね」

「……あの、わたしが何か……」

言いかけて森川は言葉を呑み込んだ。

「病院に勤めているんだから、この手のビニール手袋は簡単に手に入るだろ」神村が自分の手をかかげる。「去年の十一月、あなた、理学療法士としていまの病院に入ったんだよね?」

森川は青ざめた顔でうなずいた。

「利栄さんの携帯電話に、ビニール手袋の跡が残っていた。あなたが触ったんだよ」

「わたしがですか?」

か細い声で訊いてくる。

「利栄さんの携帯に入っているあなたの電話番号と通話履歴を消すためだ。互いの番号をやりとりするような深い関係だと知られてはまずいから」

しかし、警察が通信会社から取った通信履歴には、このひと月間、二度ほど通話をしている記録が残っている。

「警察に通報したとき、どうして、ほんとうの間柄を隠したりしたの？　やっぱり、容疑者に数え上げられるのは怖《こわ》かった？」

「容疑者？」

やや落ち着いたように、森川は口を開いた。

「昨日、あなたは病院を定時の五時四十五分に出た。曇りですっきりしない天気だった。暮れかかる中、小菊まで十五分で着いた。店の明かりは消えていたけど、戸を引くとすっと横に開いた。小さい声で呼びかけたが返事がないので店に入った。懐《ふところ》に忍ばせていたビニール手袋をはめて、二階に上がり、懐中電灯を使って、まず薄暗い押入の中を探したんだよね？」

森川は落ち着かない感じでしきりと髪をさする。「それって……？」

「金目のものが詰まったトランクだよ。見つからなかったかい？」

はっとして森川は息を呑んだ。

やはり、それは〝トランク〟に入っていると合点していたようだった。

「五分近く探し続けても、それらしいものは見当たらない。見つけたのは通帳一通だけだ。小銭の入った財布もあったが、手をつけるほどの金額ではない。そうこうしているうちに、一階の戸が開く音がしたので、狼狽《ろうばい》した拍子に鈴に手がかかって落ちてしまった。音に気づいた利栄さんが上がってくる気配がある。とっさに鈴を拾い上げてポケットに入れた。手を伸ばしたところに、利栄さんの着物のヒモがあった。懐中電灯の明かりを消して物陰に隠れ、利栄さんが二階に上がってきたと同時に、真横からヒモを首に巻きつけて一気に締め上げた。理学療法士として、ふだんから力を入れる仕事には慣れていたし、ヒトの急所もわかっている。利栄さんは反撃することもできず、あっけなく意識を失った。でも、ちらっとあなたは顔を見られた。倒れた彼女にのしかかるように、さらに首を締め上げた。一分もかからず絶命したんじゃないか？」

利栄は豆腐を買いに出かけて、戻ってきたところで凶行に遭《あ》ったのだ。

両手を握りしめて聞き入っている森川の肩が盛り上がっていた。

「わたしが首を絞めたって」

吐き捨てるように言うと、首を横にねじ曲げた。

「そこで諦《あきら》めるしかなかった。とにかく、犯行の形跡を残さないようにして逃げるしかない。でも、利栄さんの携帯電話にある自分の番号と通話履歴を消すくらいしか思いつかなかった。最後に懐中電灯で部屋を照らしたとき、コルクボードに貼られた一枚の写真が目にとまったので、あわてて引き剝がした。そうだったね？」

森川は視線をあちこちに投げかけ、必死で防衛線を張ろうとしていた。

「写真なんて……」

としか口にできない。

「店から出て、アパートに駆け込んだ。後悔するより先に、自分の犯行を打ち消すことで頭がいっぱいだった。店の客として自分に捜査の手が伸びるのはわかっていたから、容疑を打ち消すために手っ取り早い手段として、第一発見者を装ったわけだ」

森川はじっとしたまま聞き入っている。

「警察に話してここに戻ってきた。どうして自分が利栄を殺す羽目になってしまったのか。小菊の常連客たちの顔が浮かんできて、あの連中のせいではないかと妙な理屈を作り自分に言い聞かせた。利栄さんとは半年間の短いつきあいだったけど、船岡や玉田といった男たちが、利栄さんとそれなりの深い関係を持っているのはわかっていた。だらしない玉田は苦手だったんじゃないか？　持ち帰ってきたキャッシュカードはたまたま名前のエンボス（刻印）のない種類のカードだった。これを使って、玉田に罪をかぶせることを思いついたわけだ」

森川は呆《あき》れたように頰《ほお》をふくらませ、神村を睨んだ。

「わたしがあんなやつを憎んでいた？　どうしてわかるのよ」

神村は一歩前に出た。

「あんなふうに見えても、玉田は利栄さんの息子さんと同い年でな。息子と重なる部分があったんだよ。あなただって、それくらい感じ取っていたんじゃないか？」

森川が舌打ちするのが聞こえた。

「今朝、玉田のアパートを見張っていると、やつがゴミを持って出てくるのが見えた。あなたは先だってゴミ置き場に走り、玉田の目に付くところに、利栄さんの通帳とキャッシュカードが入ったビニール袋を置いた。もちろん、通帳とキャッシュカードの口座名はマジックで消してある。名前のエンボスがない種類のキャッシュカードなので、一目見ただけでは、持ち主はわからないんだ。ただし通帳に利栄さんが書き入れた暗証番号だけはそのままにしておいた。それを見つけた玉田は、あっさり自分のものにして帰っていった」

それから二時間後、コンビニのATMでカネを引き出したのだ。

森川は胸をふくらませ、肩で息をつくと、引きつった笑みを浮かべて神村を見た。

「……どうして、わたしがそんな真似《まね》をすると思っているのかしら」

「写真だよ」

ぽつりと神村が言った。

「写真？」

森川が返す。

「あなたが持ち帰った写真だ。何が写っていたのかね？」

森川は口を尖《とが》らせ、ふっと息を吐いた。

「そんな、知らない」

「利栄さんの母親のふみさんが入居していた特別養護老人ホームの庭で撮った写真だ。笛吹苑《ふえふきえん》っていう施設だよ」

電流が走ったみたいに、がっしりした森川の体が震えた。

「そこは軽度の人が入居するケアハウスからはじまって、特別養護老人ホームや認知症専門のグループホームまで、広い敷地にそろっている。あなたは理学療法士として、入居者全般をケアする立場にあった。ときおり、車いすが必要だったふみさんの世話もしていた。そうだったね？」

森川が氷をあてがわれたように青い顔で床にしゃがみ込んだ。

「あなたがふみさんを車いすに乗せて苑内を散歩しているとき、ふみさんは冗談交じりで『わたしの娘が見舞いに来てくれて、何でもトランクの中に一杯おカネを詰め込んでいるそうだよ』と口にした。最初は聞き流していたけど、頭についてなかなか離れなくなった」神村は一呼吸置いて森川を見やる。「あなた、一年前に離婚したばかりで、嫌な思い出が溢《あふ》れる山梨から出たくてしょうがなかったそうだね。離婚の原因はあなたがほかの男と不倫をしたせいで、元の旦那から慰謝料《いしゃりょう》を取られたそうだな」

離婚という言葉が出て、森川の目が魚のように丸くなった。

「どうせ、外に出るなら、いっそのこと、ふみさんの娘さんがいる近くに行ってみてはどうかと。ひょっとしたら、何かの拍子に金目のものにありつけるかもしれない――そんな虫のいい考えがかすめたんじゃないか」

森川の顔がさらに青ざめた。反論する気は失《う》せたようだった。

「近くに住み着くと、ふしぎなもので、欲が出てきた。カネがなくて、困っていたし。小菊の前を通るとき、いつも、トランクのカネが思い返された。ちょっと覗いてみるか、という軽い気持ちで入ったのが運の尽きだった……」

森川は充血させた目で神村を見上げ、がっくりと肩を落とした。

森川はいまだにトランクの中身を知らない。

すべてがその場の思いつきの犯行だった。

十二歳で生き別れになった息子の前原浩樹は、トランクルームにあったキャラクターの大ファンだった。利栄はそんな息子のために、行く先々で見つけたキャラクターを買い求め、トランクルームに収めていたのだ。いつか、手渡しできる日が来ると信じて。

「行こうか」

神村が声をかけても、森川は根が生えたようにその場を動こうとしなかった。

掟破り

1

その電話が警務課から回されてきたのは月曜の朝だった。刑事課の係員はほぼ全員そろっていたにもかかわらず、内線の着信なのでしばらく放置された。課長席から無言の圧力を感じ、美加《みか》は仕方なく受話器を取り上げた。

「はい、刑事課、西尾《にしお》です」

「ちょっと妙なこと言ってるから、出てやってくれる？」

警務係の安井《やすい》だ。面倒くさそうに言うと、パルス音のあとに電話が切り替わった。

公衆電話の表示。相手は身分を明かしたくないようだ。

「もしもし、どうかされましたか？」

こちらの呼びかけに反応がない。

地鳴りのような低い音が伝わってくる。自動車の走行音だ。交通量の多い道路際でかけているらしかった。トラックのブレーキ音やバイクが通過する音に混じって、かすかに女の声がした。

「……あの」

「はい、こちら蒲田《かまた》中央警察署、刑事課の西尾です。大丈夫ですか?」

「オオノさんは自殺なんかじゃなくて……」

いきなり自殺という言葉が出たので身構えた。

「大変なご様子ですね。差《さ》し支《つか》えなかったら、あなたのお名前を聞かせていただけますか?」

労《いたわ》るような呼びかけに、相手が応じる気配はなかった。

自動車の走行音とともに、相手の鼻息が洩《も》れてくる。苦しげだ。

「だからアキエさんの飛び降り……違うの」

かろうじて聞き取れた。

「違うって何ですか?」

「殺されたの」

それだけで通話は一方的に切られてしまった。

しばらく、耳を張りつけていたが何も聞こえない。手にした受話器をそっと置く。

オオノアキエ……。飛び降り?

そういえば先週の金曜日、蒲田駅近くの雑居ビルから投身自殺を遂げた女性がいた。その人だろうか。

死体検案書ファイルをめくってみると、すぐに見つかった。

大野秋恵、三十二歳。

六月三日金曜日、午前十時半、九階建てのビルの屋上から飛び降りたとなっている。死亡の原因は全身打撲による骨折、内臓破裂、脳挫傷。その他の外傷なし。死因の種類には、自殺に◯がくれてあった。

添付されている捜査報告書によれば、秋恵は蒲田一丁目在住の専業主婦。マンション住まいで大手損保会社勤務の夫と小学校三年生の長女がいる。派遣社員として単発で仕事もするとあった。

でっぷりした体が横に張りついた。

「何してるの？」

鼻にかかった声で訊《き》かれる。

西尾美加と同じ盗犯係所属の青木《あおき》巡査部長だ。

「そうだ、青木さん、これ見分に行きましたよね？」

報告書を突きつけると、青木はくんくん鼻で嗅《か》ぐように紙を眺めた。

美加は非番だったが、青木はこのときの捜査に加わったはずだ。

青木は好奇心を失ったみたいに調書から目を離した。

「ああ、行ったけど」

「自殺に間違いありませんか？」

事件そのものより、美加が興味を持っていることに驚いたらしく、

「知り合いか何か？」

と遠慮がちに訊いてくる。

「いえ、そういうわけじゃなくて。自殺の根拠はありますか？」

「だって、屋上に目撃者がいたもん。下に歩行者がいてさ。ぶつかる寸前だったよ。まったく、えらい迷惑だ」

歩く備忘録と呼ばれる青木は露ほども自殺を疑っていない。

捜査報告書によれば、ビルの屋上から身を乗り出している人がいるという通報が管理人室に入り、警備員があわてて駆けつけたところ、その目前で柵の外に出ていた大野秋恵が飛び降りたとなっている。

施錠されていなかったのかと尋ねると、

「前の日にビルのメンテがあって、閉め忘れたとさ」

鑑識も行われていて、柵には大野秋恵以外の指紋は検出されていない。

「旦那さんは何と仰《おっしゃ》ってます?」

「心当たりなんて全然ないらしいよ」

「……病気もないみたいですね」

「ああ、すこぶる健康」

病気はなく、借金もない、と報告書にはある。

考えられるのは、うつ病などの精神疾患だが、それがあったかどうかまでは定かでない。奇妙な電話が入ったことについて話してみたが、青木は関心を寄せなかった。

「まあ、何かのイタズラじゃない?」

そう言い残して、さっさと自席に戻っていった。

そこへちょうど神村五郎《かみむらごろう》がやってきたので、捜査報告書を見せながら、奇妙な電話があったことを伝えた。

とりあえず聞いてくれたが、こちらも青木と同様関心は示さず、ノートパソコンを開き、将棋の棋譜のホームページを呼び出した。

電話の声が妙に耳に残り、通信会社への通信記録照会状をしたためて、盗犯係係長の関川俊則《せきかわとしのり》警部補に説明し判を押してもらった。そのまま課長席の未決箱のいちばん上に置く。

席に戻るやいなや、課長席からお呼びがかかった。倉持忠一《くらもちちゅういち》刑事課長が稟議書《りんぎしょ》をつまみ、しかめっ面《つら》で訊いてくる。

「ぜんたい何のつもりだ？」

電話があったことを説明したものの、簡単に判を押してくれそうもない。

「電話の主《ぬし》は、大野秋恵さんと名指しで告げています。きっと何か言いたいことがあるはずです」

「そいつを突き止めて、本人から事情聴取したいのか？」

「はい」

倉持は稟議書を指で叩《たた》く。

「あのなあ西尾、はっきり警備員が現認しているんだぞ。いったいどこの誰が殺したっていうんだ？」

「ですから、それをつきとめないといけないと思うんです」

ため息をついて首を回し、もう一度美加の顔を見てから、倉持は根負けしたように判を押して既決箱に放り投げた。

2

三日後。

照会の結果、その公衆電話は環八沿いの旧公団住宅一階にあるラーメン店の軒先にあった。すぐ南側を東急多摩川線が走っていて、矢口渡駅《やぐちのわたし》が目と鼻の先だった。

公団住宅は築年数が古く、一階に焼き肉屋や居酒屋、不動産屋といった店が軒を並べている。どこを見ても防犯カメラはついていない。ラーメン店の主人に尋《たず》ねてみたが、電話は店の内側から見ることができず、月曜日の朝、電話をかけた人についてはまったくわからなかった。

あれから気になって警務課の警察相談窓口に毎日声をかけたが、関係する電話や相談はなかった。それでも気になり、朝いちで大野秋恵の夫から話を聞いた。

会いたい旨の電話を入れると、カーディーラー回りをする途中ならと了解をとりつけ、品川にある店で会ったのだ。がっしりした体格で、押しの強そうな風貌《ふうぼう》だった。今日は妻の秋恵の初七日の日に当たっていたが、どうしても外せない商談があって会社に出たという。表向き平静を装っていたが、警察の事情聴取はたびたびあったらしく、挨拶《あいさつ》のあとすぐに、

「まだ何かあるんですか？」

と仏頂面《ぶっちょうづら》で訊いてきた。

迷惑この上ない感じがありありで、あらためて気を引き締めた。残念ながら昨今の殺人の半数以上は家族による犯行なのだ。妻に対して攻撃的な言動や行動を取る夫も少なからず存在する。目の前にいる人物がそうではないと言い切れない。

相手のペースには乗らないよう自らに言い聞かせ、飛び降りたビルの名前を出し、奥さんがこれまで行かれたことはありますかと問いかけた。

「さあ、ないと思いますよ」

「お買い物で蒲田駅をお使いになりますか？」

「ないことはないと思うけど」

また同じことを訊いてくるという顔付きだ。

「奥様は何かお悩みだったことはありませんか?」

即座に卓也《たくや》は反応した。

「それってもう、何度も警察に話しましたけど。ないです。ありません」

ここで引き下がれない。

「お子様についてはいかがでしょうか?」

「美緒《みお》? 関係ないでしょ」

取りつくシマもなかった。

それでも何かあったはずなのだと思い、最近、奥さんのまわりで、何か変化はありましたか、と訊いてみたものの、あまりにも漠然としすぎた。

秋恵は新学期になってから子どもの通う学校の行事が忙しいらしく、出かけることが多かったと言う。三月末から子どもを学習塾に通わせるようになったなどと卓也は言った。

妻の友人について知らないかと尋ねると、電話で話していて名前をときどき聞く程度で、会ったことはないという。長女の通っている小学校名を訊き出しただけで終わった。秋恵の派遣の仕事についても訊けなかった。

帰署しようかどうか迷った。ちょうど十二時になっていた。

卓也から聞き出した学校名をスマホに入力してみる。英啓《えいけい》学園。そこそこ名の通っている私立小中高一貫校だ。久《く》が原《はら》にあり、最寄駅は東急池上《いけがみ》線の久が原駅となっている。一度蒲田に戻って乗り換えても、三十分かからず着ける。行ってみるしかない。

久が原駅で降り、線路沿いを歩いた。すぐ緑色のフェンスに囲まれた小学校らしい建物が見えてきた。人工芝の敷き詰められた狭い校庭いっぱいに百メートルトラックがとられ、その向こうにかまぼこ形の校舎が建っていた。こぢんまりとした小学校だ。それでも、幼稚園から高校まで公立校で過ごした美加にとっては別世界を覗《のぞ》くような気がする。

ロックされた小さな通用門でインターホンを鳴らし、身分を告げる。校舎に隣接した建物から女性がやって来て門を開けてくれた。美加とは目を合わせず、先だって建物の一階にある応接室に導かれる。

崩し字で判読できない額の飾られた壁を背に、白い顎《あご》ヒゲの男を真ん中にして、右に猫背気味の五十がらみの女、左に同年代の四角い顔の男がいた。顎ヒゲの男が背広のボタンをはめたまま、身を乗り出して名刺を渡してくる。校長の夏目《なつめ》忠則《ただのり》とある。女は教頭、男は教務主任の名刺をよこした。

どことなく、堅苦しい雰囲気だ。校長は膝《ひざ》の上に手を当てたままカメラレンズを覗き込むような顔で美加を見ている。教頭も上目遣いでじっと様子を窺《うかが》い、教務主任は口の端に笑みを漂わせているが、一言も発しない。

私立校の教師と差し向かいで会うのは初めてで、どことなく気後れがしてくる。

「こちらに在学している大野美緒さんのお母さんの件で、少しお話しさせていただけないかなと思いまして」

美加の言葉に校長がすぐに反応し、両手をテーブルにのせた。

「あ、その件につきましては、わたくしどもも大変心を痛めておりまして、正直なところどう対応してよいのか方策を検討している最中でして」

粘り着くような声だ。

「美緒さんは通っていらっしゃいますか？」

「いえ、横浜にあるお母さんの実家にいるようです。担任によりますと、来週あたりから通学を再開するということですが」

両脇のふたりが盛んにうなずく。

壁に向かって話しているような気がした。高校教諭だった神村がいてくれれば、すぐ打ち解けられるだろうに。

「あのようなことがありまして、いちおう関係者の皆様のお話を伺って来いと上司から命令されたものですから、伺わせていただきました」

自然と釈明するような口調になっているのが癪《しゃく》だった。「思いついた点などありましたら、何でも結構ですのでお聞かせ願えると助かるのですが」

「……わたくしどもも、美緒さんのお母さんがああなりましたのは、混乱と申しますか、見当もつかないような有様でして」

「そうですか、そうですよね」なかなか言葉が浮かばない。「こちらの児童は何人ぐらいいらっしゃいますか？」

教務主任が用意してあったパンフレット一式を開いて見せた。

カラー刷りの小冊子や入試要項、大学合格者数までそろっている。

「一学年三クラス制で、一クラスは二十五人になります」

「少人数制で行き届いた教育ができますよね」

校長が誇らしげに、「そう思います」と口にする。

教師の転任がなく、教育カリキュラムも充実しているはずだ。系列高校は進学校らしく、東大を始めとして有名私大にも多くの合格者を出している。附属小学校の卒業生はその高校までエスカレーター式で上がれるので、小学校の入学試験の倍率も相当高い。本部は埼玉の浦和にあり、中学校と高校は品川だ。小学校の授業料は年間九十万円とある。自分の身に置き換えてみても、ちょっと信じられない額だった。

「少子化が進んでも、こちらはまったく関係ないですよね」

持ち上げるつもりで言ったのに、校長の顔色がさっと曇《くも》ったので、何か悪いことを言ってしまったのだろうかと不安になった。あわてて、「美緒さんはどのクラスですか?」と当たり障《さわ》りのないことを口にする。

「三年三組です」

「お母さんの大野秋恵さんは教育熱心でいらっしゃいましたか?」

校長が左右を見る。教頭が畏《かしこ》まったまま、おちょぼ口を開いた。

「はい、そうかと思います。ＰＴＡの役員も率先して受けられるような模範的なお母様でした。いろいろな雑用も引き受けていただいて、うちとしても大変に助かっていました」

「クラス運営委員などをおやりなっていたんですか？」

「去年まで二年間やってくださいました」

「クラスの取りまとめ役ですよね。ＰＴＡ役員と保護者の皆さんのあいだに立って、大変な役目ですね」

「保護者会や学級親睦会の開催、司会などもありますし」

「そうですか。たしか学級連絡網の先頭にもなりますよね？」

「もちろんそうです」

教務主任が教頭の言葉を遮《さえぎ》るように咳払《せきばら》いする。

何か気になることでも口にしたのだろうか。

「今年はおやめになったんですか？」

教頭は校長と教務主任の顔色を窺いながら、

「……体育委員におなりになられて」

と口にした。

「と申しますと？」

「運動会の開催や給食の試食をするお役目になります」

どことなく、必要最低限のことしか口にしない雰囲気だ。

「あ、なるほど、運動会というと、今月開催になります？」

校長が口をへの字に曲げ、教務主任も肩のあたりが縮こまった。

またしても妙な空気感。

教頭がおどおどしながら、「この日曜日にありました」と答えた。

「そうでしたか……」

大野秋恵が投身自殺を図った二日後だ。学校側としては児童本人ではなく、保護者だったので、開催に踏み切ったのだろう。この押し詰まったような雰囲気はそれが元かもしれない。それにしても、自殺をしたタイミングとして運動会は気になる。

「体育委員は今年初めてということで、大野さんのご様子はいかがでしたか？」

教務主任が手を膝に当てたまま、重たげに口を開いた。

「委員をされてきた方ですので、さほどのご負担ではなかったかと存じます」

それきり会話が途絶《とだ》えた。

「保護者の皆さん、運動会の前に大野さんがお亡くなりになられたのをご存じでしたか？」

「中には……」

校長が教頭側に体を倒し気味に言った。

ふたりのあいだで小声の会話があり、それがすむと、教頭がぽつぽつとしゃべりだした。

「……最近はご近所の皆様から、ちょっとした騒音の苦情などが出るものですから」

「苦情？　運動会の音ですか？」

教頭が小さな口を引き結んでうなずいた。

最近は子どもたちの騒音が原因で、街中《まちなか》では幼稚園の新設すら滞《とどこお》りがちだ。

子どもに対する一般住民の忍耐強さがますます希薄になっている。

「大野さんは苦情と関係があるのですか？」

「じつはですね、大野さんは保護者を代表して苦情を申し立てているご家庭を訪問しておりまして」

校長が粘りのある声で答えた。

「そうだったんですか……お叱《しか》りを受けたりするようなこともありましたか？」

教頭が教務主任に視線を送った。

「かなり風当たりが強かったと一緒に回った教師が申しておりました」

教務主任が硬い表情で口にする。

なかなか大変な役回りではないか。

「それで精神的にお辛《つら》い状況に追い込まれたようなことはありませんでしたか？」

三人は一様にそっぽを向いた。

しかし、それほどのトラブルを保護者にまかせておくのは如何《いかが》なものか。そのあたりを突かれるのを極力避けたいと思っているようでもあり、ここは押してもムダかもしれない。

「あの、親御さんで大野さんが親しくしていらした方をご紹介いただけますか？」

教頭が背筋を伸ばして美加を睨《にら》みつけた。

「保護者の方々のプライバシーについては、承知しておりませんので、あしからずご了承いただけませんか」

こちらもとりつくシマがなかった。

だめもとと思ったが、美緒の成績を尋ねると、クラスでは常に五番以内に入っていて、今年度に入ってめきめきと学力を伸ばしてきたという答えが返ってきた。これといって目立つ子ではないが、こつこつと勉強をするタイプで、友人たちとの関係もいいという。

今年の四月、保護者と児童で撮った集合写真をもらい、どことなくやり込められたような気分で挨拶をすませて、校舎をあとにする。

放課後になっていたので、校庭ではグレーの半ズボンの制服を着た児童がドッジボールをしたり、一輪車やホッピングで遊んでいた。低学年の子が多いようだ。トラックを走っている児童に声がけしているのは紛《まぎ》れもなく神村だった。

「先生、いつ、いらしたんですか?」

「そらそら、もう一周、頑張《がんば》れ頑張れ」

美加の言葉も届かず、児童たちに向かって声を張り上げる。

ここに来る前、行く先をメールしておいたのだ。

「グラウンド五周運動だ」神村が児童たちを見たまま、手を叩く。「おー、その調子

その調子」

「なかなか、きつそうですね」

「石原《いしはら》先生には会えたか？」

「誰ですか？」

「大野美緒の担任。古谷《ふるや》先生は？」

「知りません」

一緒に聞き込みについてくれたらよかったのに。

「ふたり担任制だ。さすがに私学は違うな」

とグラウンドの反対側で見守っている教師に向かって手を振る。

「久が原ですから」

田園《でんえん》調布《ちょうふ》や山王《さんのう》と肩を並べる高級住宅街だ。区画整理された街並《まちな》みは整っていて住みやすい。人気のあるエリアだ。

美加が差し出したパンフレット類を神村がパラパラとめくる。

「ほう、最近はかなりいい大学に合格者が出ているな」

高校教師をしていただけに、そのあたりは気になるのかもしれない。

「競争が厳しいですからね」

「どっちのだ？」

「はあ？」

「学校と生徒のどっちだと訊いてるんだ」

「生徒たちですよ。いい大学に入るために、まずは小学校の入学試験を勝ち抜かないといけないですから」

「学校だって同じだろ？」

「そういえばさっき……」

少子化の話を口にしたところ、校長の様子が変わったことを伝える。

「やっぱりな、経営が厳しいんだよ。見てみろ、ここ。中学校の入試なんて四次募集まであるぞ」

入試要項には四次募集まである。

「……そうですね。三次募集までは聞いたことありますけど。あれ、受験日の試験開始時刻が午後になっていますよ」

「私立中学の入試は解禁日からいっせいにスタートするだろ。いい中学の入試はたいていて午前中で終わる」

「そうか、午後開始なら、英啓中学に併願できるわけですね」

「レベルの低い私立は全入の時代だしな」

定員割れさせないために、試験を受けた者全員を入学させるのだ。しかしいま、学校の経営を話してみても意味がなかった。

神村が走り込んできた女の子の腕をとる。

「ちょっとごめん、大野美緒ちゃん知ってるよね？」

「うん」

「そうか、じゃ、美緒ちゃんのお母さんは知ってる？」

側《そば》で聞いていた女の子とともに、「知ってる、知ってる」と声を上げる。

「そのお母さんのお友達のお母さん、わかる？」

女の子はすぐ後ろにいた三つ編みの女の子を指さした。「えっと、マイちゃんのママ」

「そうか、この子ね」神村が三つ編みの子に訊いた。「苗字は？」

「イソムラ」

「わかった、ありがとう」

笑みをこぼして、女の子たちはふたたび走り出した。

「イソムラマイちゃん。母親が大野秋恵の友人だ」

「……そうですね」

ありがたい。学校に訊いても教えてくれなかったのだ。

「学校のお偉いさんはどうだった？」

仕入れたことを話した。肝心《かんじん》の母親の友人については教えてもらえなかったことも口にする。

「名簿を借りて調べてみろ」

「また学校に戻るんですか」少し嫌な気分だった。「ひとりわかっただけでも……」

「何言ってるんだ。お母さん方と会って話を聞くのが第一だろう？」

それだけではない。秋恵が登録していた派遣会社にも行かなくては。

「そうですね。大野さんの友人には、きょうじゅうに会っておかないと」

「じゃあ、そうしてくれ。おれは帰るぞ」

呼び止める間もなく、神村は去っていった。

気が引けたものの校舎に戻り、教頭から児童名簿を借り受けた。

児童たちの住所は都内全域に散らばっているが、地元の大田区を始めとして、品川や世田谷《せたがや》、目黒といった近隣の地番が多かった。イソムラマイの母親はすぐ見つかった。磯村景子《けいこ》。大森《おおもり》在住だ。名前と住所、携帯の電話番号をメモする。まずは磯村と会って、様子を見るしかない。

玄関に行事予定が貼り出されていた。ＰＴＡ運営委員会開催の通知もあり、出席予定者の中にＰＴＡの会計担当として、磯村景子の名前があった。明日の午後三時から四時まで開催となっている。

明日もう一度学校に来れば摑まえられるだろう。

大事になりそうな予感がする。明日は青木に声をかけて一緒に来てもらわなくてはいけない。

3

翌日。

午後四時。ＰＴＡ運営委員会が終わり、保護者たちがぞろぞろと学校の通用門から現れた。すべて女性だ。フォーマルなパーティ会場に出かけるみたいに派手に着飾っている者が多い。その中のひとりに声をかけると、ちょうど通用門から姿を見せたのが磯村景子だと教えられた。

オリーブ色のチュニックに黒パンツを穿《は》いた地味な服装だった。

小柄でやや太り気味。若い母親が多いだけに、かなり歳《とし》が行っているように見える。ともに張り込みについていた青木とその場でいったん別れ、久が原駅に向かう線路沿いの道で声をかけた。

磯村は目をぱちぱちさせて、振り返った。

「……はい、磯村ですけど」

怜悧《れいり》な印象を与えるフォックス型のメガネをかけているものの、ふっくらした顔立ちのほうが勝って、温かそうな雰囲気がある。

警察手帳を見せて身分を明かしたが、さほど驚いた様子はなかった。

ハンドバッグを両手で前に提《さ》げ、畏まった顔で、

「あの……大野さんのことですよね？」

と訊いてくる。

「いちおうの調べの一環として、お知り合いの方々から話を伺わせていただいています。いま、よろしいですか？」

穏やかな笑みを浮かべ、「構いませんけど」と答える。

彼女の案内で駅に向かった。久が原の代名詞になっているライラック通りは避けて、駅の西側にある小さなケーキ屋に入った。シフォンケーキと紅茶を頼み、イートインコーナーの丸椅子に腰掛けた。

「ここの紅茶とケーキはおいしいんですよ」

バッグをきちんと膝の上にのせて言う。

「それは楽しみです」

「ライラック通りのほうが、洒落《しゃれ》た店が多いんですけどね」

「いえいえ、ここで結構ですので」

ライラック通りでは、運営委員会に参加していた母親たちがまとまって、おしゃべりに興じているに違いない。

この地味な店のほうが彼女たちの目につかないと配慮してくれたのだろう。

まだどことなく、緊張した面持ちだったので、ＰＴＡの運営委員会はどんな話が出ましたかと尋ねてみた。

「運動会の反省と広報紙の中身の確認とかでした。社会科の見学先も検討しました」

運動会について訊きたかったが、焦《あせ》ってはいけない。

「社会科の見学先というと、どちらが候補になりましたか？」

「新聞社の印刷工場と化粧品工場のどちらかになると思います」

「どちらもいいですね」

「わたしは新聞社がいいと思っていますけど、若いお母さんたちはやっぱり化粧品のほうが……」

磯村は笑みを浮かべた。

この調子ならいけると思い、

「あ、でしょうね。その気持ちわかります。運動会はいかがでしたか？」

と気になっているところを尋ねた。

「お天気もよかったし、怪我《けが》もなくて無事に終わりました」

ことさら気にしていないようだ。

運ばれてきた紅茶で喉《のど》を潤し、ケーキを小さめに切って口に放り込む。

「お亡くなりになった大野さんは、ご近所からの騒音の苦情に対応する係だったと伺ってますけど、どうでしたか？」

「そうでした。今年は運悪く当たっちゃって。でも、大したことなかったと思いますけどね」

さらりと言われた。

「かなり厳しいことを仰る方もいると聞きましたけど……」

「毎年言う人は同じですから。わたしも去年担当して、菓子折を持っていきましたよ」

「それでカタがついたんですか？」

「もちろん」

大きな口を開けて磯村はケーキをぱくつく。

運動会の苦情などまったく意に介していないようだ。

「あの失礼ですけど、磯村さんのお歳のこと訊いてもいいでしょうか？」

「四十三ですよ」

自分の姉と話しているような気がしてくる。

「お子さんはおひとりですか？」

「ええ、高齢出産で大変だったわ」

保護者の中でも最高齢の部類に入るのではないだろうか。

「ご主人はどちらにお勤めですか？」

「医者です」

やっぱり、私立小学校に通わせているだけある。

学費だけで月々十万円近くの金が要るのだ。

「ＰＴＡの会計をご担当されていると伺いましたが、大変でしょう？」

「書記も兼ねていますから。今年の四月から仰せつかっちゃって。もう雑用係ですよ。亡くなった大野さんなら……」

そこまで言うと磯村は口をつぐんだ。

「大野さんがどうかされましたか？」

「いえ」

ふと友を失った悲しみに胸をつかれたように黙り込んだ。

「あの……磯村さんは大野秋恵さんと親しくされていたと伺ってますけど、どうでしょう?」

「はい、子どもが同じ組だし、入学したときからずっと一緒でしたから」

「そうでしたか。ご活躍されていた方でしたから、親しくしていた皆さんも多かったでしょうね?」

「特定の人ということですか?」奇妙な防衛線を張った。「大野さんは分け隔《へだ》てなく、皆さんとお付き合いされていましたよ。明るくてハキハキしていたし、とっても素直な人でした」

そう言われると余計、気になってくる。

どこから聞き出せばよいかと迷っていると、磯村が口を開いた。

「特定の人となると、やっぱり光本《みつもと》さんとかになるかしら……あ、ほかにも」

「どなたになります?」

「兼井《かねい》さんと木村《きむら》さんも同じグループです」

同じグループ? いったい何の?

「いま言った三人と合わせて、五人は入学当初からずっと子どもが同じクラスで、最初の保護者懇親会から自然と仲良くなりました」

「そうだったんですか」いわゆるママ友だろうか。「クラス替えはしなかったんですか？」

「毎年やりますけど、いまでもこの五人の子どもは同じクラスですね。先生方も子どもたちのことをよく見ていますし。とにかく、仲良しなんですよ」

「そうですか」

それで母親たちも友人になったのだ。

「大野美緒ちゃんもお友達と仲がいいんですね？」

とあらためて訊いてみる。

「はい、とっても」

「お母さん方も一緒になるときがあります？」

「学校の行事でしょっちゅう会います。プライベートでも食事や買い物とかするし」

「お母さん方も仲がよろしいんですね」美加は口調をあらためた。「大野さんは最近、体調が悪かったりしたことはありませんでしたか？」

「そうですね、特には……」

どことなく言い足りなそうだったので、しばらく待った。

「そうだ、三月くらいから、ちょっと元気がなくなったような覚えがありますけど」

と磯村は口にする。

「何かお心当たりでもありますか？」

「お子さん思いだったたし、ちょうど塾なんかに行かせたからかもしれないです」

言っている意味がとれず、訊き返したものの、余計なことを言ってしまったように
磯村は首を横に振った。

ここは無理に押してもだめだろう。ほかのお母さんに当たってみるべきだ。

「できましたら、ほかのお母さん方のお話もお聞きしたいなと思っていまして。それでよろしければ、ご紹介いただけると助かるのですが」

磯村は笑顔で応じた。

「構いませんけど」

「お願いします」

あわてて手をひらひらさせ、

「あ、わたしからというのは伏せていただいて……」

「もちろんです」

磯村はハンドバッグからスマホを取り出した。該当する三人の情報を見せてもらいながらメモを取る。

ちょうどそのとき、スマホがチャリンと音をたてた。

画面にSNSのラインが届いた知らせが表示された。

磯村の顔色がさっと変わり、スマホをハンドバッグの中に入れて、チェックをはじめた。

十秒かからず終わり、すぐこちらを振り返った。

「やっぱり、ふだんお使いになるのはラインになりますか？」

美加が訊くと磯村は言葉につまった。

「……あのどうかされましたか？」

「あ、いえ、別に……」

不意打ちに遭《あ》ったように、丸っこい頰《ほお》に赤みが差した。

残った紅茶を飲み干し、ケーキを半分残したまま席を立ち、

「夕ご飯を作らないといけないので、お先に」

声をかける間もなかった。ぺこりとお辞儀《じぎ》をして店を出ていく後ろ姿を見送る。

奇妙な間の中に置いてきぼりになった。外は小雨がぱらついていた。運動会の騒音問題にしても、教頭たちと話が違っている。いずれにしろ、SNSを通じて様々な情報のやりとりをしているらしかった。いまの時代のママ友にとって必需品なのだ。

まだまだ大野秋恵の自殺については、わからないことがあると思った。

入れ替わりに入って来た青木は美加を振り返りもせず、ショーケースをチェックして、目ざとくイチ押しのシフォンケーキを注文し、磯村のいた席に着いた。

運ばれてきたケーキを口いっぱい頰張る前で、たったいまのやりとりを聞かせた。

「ほー、ママ友かぁ」

ソバをすするようにあっけなく飲み込みながら、青木は言った。

「会ってみようかと思います」

「会ってどうするの?」

「大野秋恵さんは追い詰められていたはずなんです。その事情を探らないと」

「会ったっていまみたいな話が出るだけだろ?」

渋々捜査につきあってくれているせいか、青木から前向きな様子は窺えない。

「……かもしれないですけど」

「やっぱり旦那じゃないかなー」

青木は夫による精神的な圧迫があったのではないかと疑っているようだ。

それはこれからの捜査になるが、果たしてどこまで明らかにできるか不安だった。

4

そのスーパーマーケットは、五階建ての瀟洒《しょうしゃ》なマンションの一階にあった。第二京浜沿いだ。スーパーとは名ばかりで、コンビニともつかない狭い間口の店だ。マンション入り口の庇《ひさし》の下に、雨をよけて小柄な女が品物でつまったトートバッグを手にして立っていた。

「木村さんですか？」

声をかけると女は肩をすぼめて、ちょこんとお辞儀をした。

雨に濡《ぬ》れたらしく、真ん中で分けた髪がぺったり頭に張りついている。

「はい」

用心深そうな小さな目を光らせ、美加を見る。

グレーのスカートに同系色のシャツを羽織《はお》っていた。服の色のせいだろうか。どことなく不健康そうな印象を受ける顔立ちだった。

磯村と別れてから、ほかの三人の母親に電話を入れた。買い物の途中だが、それが終われば会えると言ってくれたのが木村百合《ゆり》だった。

「お買い物はお済みですか？」

「はい、あらかた」

傘も差さずに歩き出した木村のあとについた。

大粒の雨が顔に降りかかる。

地下鉄の西馬込《にしまごめ》駅を出てここまで、店らしい店はなかった。

ステーキハウスの前を通りすぎ、自動車修理工場に隣接された二階建て駐車場の一階に入って雨を避ける。クルマが数台停まっているだけでがらんとしていた。

「お住まいはお近くですか？」

「このすぐ裏です」

おどおどしている。ネギのはみ出たトートバッグには、スーパーのチラシらしきものが見えた。節約型の主婦のようだ。

「久が原駅から来ましたけど、乗り換えがあってけっこう大変ですね」

そう言ったものの、木村はじろっと見ただけで返事はない。

「あ、お子さんも地下鉄から東急線に乗り換えて通っていらっしゃいますか？」

「はい」

「朝晩のラッシュはなかなか大変ですよね」

西馬込駅からだと、いったん都心へ向かう地下鉄に乗り、三駅目の戸越《とごし》駅で降りて地上に出て戸越銀座から東急線に乗り換える。ラッシュの時間帯に通学している子どもはかなりしんどいはずだ。

「かもしれないです」

それほどでもないと言いたげだった。

私立の小学校なら、電車通学は当たり前だからだろうか。

それにしても、会話を重ねるたびに感情が薄れていく相手だった。話の向きを変えなければ、先に進めないような気がしてくる。

出身について尋ねると、立川生まれで自動車メーカー勤務の夫と結婚し、しばらく名古屋で勤務していたが、四年前に転勤で東京に引っ越して来た。いまは専業主婦であるという。中流家庭のようだ。

「あの、お亡くなりになられた大野さんについてですけど、ふだんからお困りのこととか、健康面でご心配であったこととか、何でもけっこうですので、ご存じでしたら教えていただければと思うんですけど」

木村は目を合わせず口を開いた。

「わたしには、まったくわからないんですけど」

「そうですか……」ここで引き下がるわけにはいかない。「学校では大野さんはPTAの役員を率先して引き受けられたり、とても教育熱心で積極性のあるお母さんだと伺っているんですけど。いかがですか？」

「はぁ……それはそうですね」

「子どもさんの美緒ちゃんも、お友達と仲がいいと聞いていますが、やっぱり木村さんのお子さんとも？」

「いいですよ」

「それぞれのお宅で遊ぶようなことはありますか？」

「うちに来たりもしていました」

木村の家はマンションだという。

「大野さんのご主人とお会いになったことはありますか？」

「……大野さんのご主人は催《もよお》し物《もの》にあまり出てこなくて」

「去年の運動会はどうでしたか？」

「入学以来一度も来たことがなかったと思います。保護者同士の懇親会にも見えませんし」

すべて母親にまかせきりだったようだ。

昨日のやりとりを思い出した。子どもの教育という面では、確かに積極性はないかもしれない。

「仕事がお忙しいのでしょうね」

「わたしの家もそうなんですけど、主人がもともと私立の小学校には行かせたくなくて」

意外なことを木村は口にした。

「大野さんのご主人もそうだったんですか？」

「秋恵さんから何度か聞きました」

私立はお金もかかるし、通学ひとつとっても子ども自身に負担がかかる。躾《しつ》けは厳しいだろうし、公立校のようなおおらかさがないのがふつうだ。

大野秋恵が今年担当していた運動会の苦情係について尋ねてみた。すると、木村は眉をひそめて、とても悩んでいるように見えましたと答えた。

人によって言うことがまちまちだ。

「光本さんからも、だめ出しされているし」と大野は続けた。

「光本真弓《まゆみ》さんですか？」

ママ友のひとりだ。

つい余計なことを口走ったとばかり、木村は唇の端を噛《か》む。

「あの人……トップだし」

「トップ？」

「あ、いえ、いろいろな決め事をしてくださるんですよ」

どことなく取り繕《つくろ》うようなニュアンスが感じられた。

グループのボス的存在なのだろうか。田園調布在住だから資産もあるはずだ。

その光本から大野秋恵は何をだめ出しされていたか。

「よく光本さんのお宅にお邪魔するんです」木村は続ける。「いつだったかしら、指輪と腕時計がなくなっているって仰って」

「光本さんの持ち物ですか？」

木村は日の陰ったような表情になり目を伏せた。「……ちょうどその前は、大野さんがおひとりで出向いたはずなんです」

大野がそれらの品を盗んだ？

ほんとうだとしたら重大だ。

光本の夫の職業を尋ねてみたものの、教えてくれなかった。

小心者に見えたが、芯《しん》はしっかりしている女性のようだ。それにしても、秘密めいている。光本真弓と会わなくては。

やりとりを陰で見ていた青木に話した中身を報告する。

「ほー、ボスキャラか」

ようやく面白くなってきたような顔付きだ。

延々と続く坂を上り、玉川浄水場の裏手にある家に着いたとき、すっかり日が暮れていた。ぐるっと生け垣で囲まれた中に、三角屋根の瀟洒《しょうしゃ》な洋風建築が建っていた。奥手に鉄柵のガレージがあり、停まっているドイツ車が見えた。まわりで聞き込みをしてくるという青木と別れ、門のベルを鳴らす。

玄関の明かりが灯《とも》り、白シャツ姿の女が現れた。光本真弓だろう。

「大野さんのことですかあ」と長い髪を手ですきながら、門の錠を開けてアプローチに入れてくれた。

ブラウスの上にノーカラーのジャケットをさりげなく着ている。チェックのパンツを穿き、首元に巻いた青いストールの下にネックレスが覗いていた。

「突然で申し訳ありませんでした」

「あ、いいんですよぉ、さ、お入りになって」

帰宅した直後だろうか、玄関のシューズボックスが開けられたままになっていて、女性用の靴が並んでいた。男物の靴はほとんど見えなかった。

「さ、こちらへ」

先だって歩き、ガラスのドアを開いて広々としたリビングに通してくれた。

ソファをはじめとして花瓶など、グリーンを基調にした落ち着いたインテリアで統一されている。ソファにはランドセルが転がっていた。

いま子どもはピアノ教室に行っていて、あと十五分ほどしたら迎えに行かないといけないので、それまででよいかと念を押された。歯並びのいい大きな口から機関銃のようにぽんぽん飛び出してくる。

はい、恐れ入りますとお辞儀をしていた。

「大野さんはねー、気の毒だったわー」

まだ訊いてもいないのに、ソファのクッションを直しながら真弓は口にする。

そこに座るように言われて腰掛けた。

真弓はひとり掛けのソファに着いたかと思うと、さっと足を組んで、

「えっと、どこからお話しすればいいわけ？」

アイラインを濃く入れた目で、じっと見つめてくる。

「あの、大野さんの人となりというかですね、教育にご熱心で……」

真弓はハタと手を打つ。

「そうそう、ほんとにね。もうちょっと肩から力が抜けるといいなぁって思ってた」

いきなり本音めいたことを口にされて、返事のしようがない。

「PTAの役員もおやりになっていらっしゃいましたからね」

「ちょっとやりすぎよ。学校の先生方に彼女、すっごい受けがよかったから」

「そうですか？」

真弓は大きくうなずく。

いまの言葉は大野秋恵に対する批判も混じっているように聞こえた。

「だって保護者はPTAの役員から逃げ回るのが普通でしょ。彼女ったら違うの。もう率先して手を挙げるからね」

やはり、秋恵を快《こころよ》く思っていなかったようだ。

「そんなにですか？」

「何か役をやっていないと気がすまない感じ？　へたすると、ほかの役員の仕事だって平気で引き受けちゃうからね」

磯村景子にPTAの役員の話題を振ったとき、どことなく言いづらそうだったのは、大野が積極的に役員を引き受けていたからだろう。

「よっぽど、ご理解があったんでしょうね」

「どうなのかしら。こっちも同じグループだから、手伝ったりしないといけないじゃない？　何々講習会とか、他校との交流会なんかに引っ張り出されていい迷惑」そこまで言うと、真弓は少し首を傾《かし》げた。「わたしたちのグループ、誰から聞きました？」

「あ、それはたまたま、きょう校庭で子どもさんがいらっしゃって」

真弓は一瞬考えをめぐらせたあと、納得したような顔でうなずいた。

「そうかあ、それでね」

磯村から教えられたとは言えない。

それにしても、グループがわかって、まずいことでもあるのだろうか。

念のために、家族構成と夫の職業について尋ねた。

夫は不動産会社の役員をしていて、学校に通っている長女と三人家族だという。

運動会の苦情を引き受ける役目について訊いてみると、そうそう、彼女にしては参っていたかも、と答えた。

「賞品なんかの買い付けに血眼《ちまなこ》になっていたからね」真弓が続ける。「わたしらも、手伝わされちゃったりして」

運動会以外にも、学校側から頼まれれば、川崎にある会員制倉庫型店に出かけてまとめ買いするのだという。

最後に気にかかっていた指輪と腕時計について尋ねた。

たしかに持ち物の中になくなっているものがあるが、自分で置き忘れたのか、盗難に遭ったのかわからないという。

正直にどこまで話しているのか判断できなかった。

もし、それが大野秋恵による犯行だとしても、自殺しているから罪は問えないし、証拠もないのに犯人と決めつけるわけにはいかないと思っているのかもしれない。ひょっとしたら、大野秋恵が盗みを働き、それを後悔して精神的に落ち込み、自殺の引き金になったと考えているのかもしれなかった。そうだとしたら、大野を精神的に追い込んだきっかけを作ったのは真弓ということになる。それを認めるのは辛いかもしれない。ほかにも尋ねたが、得るものはなく早々に家をあとにした。

青木に電話を入れると、もうしばらく時間がかかると言った。

では兼井美沙《みさ》へ聞き込みをかけますからと伝えて、駅に向かった。池上だから帰路になるのでちょうどいい。

5

「みな、言ってることがまちまちだな」

神村は言った。

「そうなんです。亡くなられた大野さんは、学校の運営に積極的で、ＰＴＡの役員なんかも自分から引き受けると言っているのは共通していますけど」

美加が答える。

「同じグループでそういうのがいると、とばっちりを受けるから困るってか？」

青木が面白半分に言う。

「学校側が言っている運動会の騒音苦情対応で大野秋恵が精神的に追いつめられたっていうのは、どうも眉唾《まゆつば》だな」

ごま塩頭を掻《か》きながら、小橋定之《こはしさだゆき》巡査部長が口を出す。

「それはわたしも思いました」美加が言った。「何か隠し事をしているような気がしてしょうがありません」

「大野秋恵の自殺にか？」

小橋が訊いてくる。

「いえ、直接関わってるはずはないです。あるとしたらやっぱり……」

そこまで言って神村の言葉を待った。

「グループ内のいざこざか？」

ぶすりと神村が言う。

「そうです。そうに違いないです」

「五郎ちゃん、いざこざの元は何なの？」と小橋。

それは美加に訊けとばかり、視線を飛ばしてくる。

「大野さんはグループ内の了承を得ないで、ＰＴＡの役員を引き受けたりしていたようです。いったん引き受けたら、グループの人も手伝わないといけないならわしがあることを光本真弓がほのめかしていました」

「個人の自由じゃない？　なんでいちいちグループの了解なんか要るのよ？」

青木が訊いてくる。

「女性同士ですから、頼まれたら嫌だって言えないかもしれないと思いますけど」

「子どもはどうなんだい？」小橋が割り込む。「大野の子どもがグループ内のほかの子をいじめたりなんかして、それで親同士が険悪になるケースが多いんじゃないか？」

それは大いにあり得る。ママ友たちはもともと個人個人が親しかったわけではなく、子どもを通じて知り合った仲だ。嫌々つきあっている可能性すらあるのだ。

ママ友は家庭や子育ての相談ができたり、助け合いができるので心強い。その反面、もめだすと仲間はずれや悪口が始まる。

「どうなんだい、五郎ちゃん」

ふたたび小橋が訊いた。

「……うーん、見たところ子どもらは仲良く見えたけどなぁ」

「とにかく光本がボスママだろ」青木が薄ら笑いを浮かべて言う。「そいつの時計や指輪を大野秋恵が盗んだとしたら、ただじゃすまないぜ」

「そうなんですよ」

「どうした、イベちゃん、何かあったか？」小橋が訊いた。

えへっと照れ笑いして、

「どうも、仮面夫婦みたいなんですよ」

と口にする。

「どこでそんなネタ拾ってきたの？」

「そりゃまあ、ご近所からはいろいろな噂が聞けますよ」

高級住宅街でも、よその家のゴシップは好奇の対象になるのだろう。

「それだけじゃないだろ？」

神村に訊かれて、青木は真顔になり、

「ここ一、二年、あの家の主人が自宅に帰っているのを見たっていう人はいないんですよ。どうも愛人を作って、赤坂のほうのマンションに住み着いちゃっているみたいですね」

美加は光本家に男の人が住んでいる気配が薄かったのを思い出した。

神村は両手を頭の後ろに持っていって、伸びをした。

「それはまずいな」

青木もうなずく。

「もうひとりの兼井とかいう母親は何て言ってる？」

神村に訊かれた。

「はい。光本さんを持ち上げてばかりです。完全に光本さん寄りですね」

兼井美沙は美魔女タイプの三十歳。生保レディで、タイトスカートを穿き、サバサバした性格だった。木村百合と正反対の人間だ。

「となると光本が権力者か」小橋が言う。「逆らったら、徹底的に叩かれる。たとえば……大野秋恵」

少し沈黙があった。

全員が暗黙の了解をしているようだった。

「なあ、西尾」神村が言った。「どうしてそこまで光本は権力者になった?」

「やっぱりお金持ちですから」

「金持ちだからってそうなるとは限らんぞ」

「でもボスママなのは明らかですし……」

「そうそう、ほかの三人に声をかけて、秋恵イジメをするとかさ」

もしそうだとしても、光本がそこまで大野秋恵に対するわだかまりを持っているかどうかはわからない。

「そうそう、兼井さんによれば、光本さんは学校の理事のひとりの遠縁に当たるらしくて」

「それは誰から訊いた?」

神村が訊いた。

「兼井さんです」

「もしそうなら、学校サイドと近い光本はそれなりのパワーを持ちあわせているというわけだな」

小橋が引き取るように言った。

「ボスママのいじめがあったとしてもさ、どうなるの? 証拠でもある?」

のんびりした口調で青木が訊いてくる。

「あります、きっと」美加は答える。「ラインの通信記録を見れば一目瞭然だと思います」

青木が神村の顔を見て、肩をすくめた。

人ひとり亡くなっている。いや……殺されたと言ってもいいかもしれない。悪意の存在があれば、それを暴《あば》き出すまでやめないつもりだ。

五人はラインを使って、日々の連絡をやりとりしていた。それらの履歴を見れば、互いの関係性やトラブルの元が見つかるはずだ。

「やれるだけやってみるか」

小橋が言った。

「どうやっても、立件にこぎ着けるのは無理だぜ」

神村が言う。

「え？　わからないですよ」

「おいおい、殺人教唆《きょうさ》で引っ張るつもりか？」

「……そこまではまだ」

だいたい、犯人がいるとしても誰なのかわからない。グループの全員がそうかもしれないのだ。

「どうだろうな、重箱の隅を突《つつ》くようなのは」

神村がため息交じりに言った。

暖簾《のれん》に腕押し。神村の中では事件ではないようだ。

しかしそれは誤っていると思う。

「物理の先達はある法則を見つけると、それを否定する説について徹底的に研究すると先生は仰っていますよね。でも、否定するばかりでは何も始まらないと思います」
神村はばつが悪そうに唇を舐《な》め、首の後ろを掻いた。

6

ラインの履歴が判明したのは、週明けの月曜日だった。
――本日、光本ママ宅に十時集合
――了解しました
――で、お昼は？
――はい、またいつものところで。
――承知です
たったひとつの連絡事なのに、たわいないチャットが延々と続いている。大野秋恵のラインの通信記録だ。半年分が印刷されているので、厚さは一センチ近くある。チャットの相手はすべて、大野が入っていたママ友のグループのものだ。多いときは一日で五十通近く入っている。

予想に反して、大野に対して馬鹿呼ばわりしたり、さっさと死ねとかいうようなライン特有のイジメはなかった。発信者のメールを見ただけで返事をしない「既読スルー」と呼ばれるイジメもなかった。大野の発信する分については、必ず五人全員か、そのうちの誰かが返事をしているのだ。

気になるのはひとつ。大野が自殺を遂げた前の週の日曜日、大野を除いた全員が午後二時台にいっせいにラインのグループを退出しているのだ。

これはどう見ればいいのか。

大野以外の四人が示し合わせて、そうしたのは明らかに思える。既読スルーを超えた完璧な仲間外しにほかならない。

これが大野の自殺と関係しているのではないか。だとしたら、なぜ一斉退出したのか。それさえわかれば、自殺に追い込まれた理由もわかるはずだ。

記録をめくっている神村の手が止まっていた。目を落として、じっと文面を覗き込んでいる。

「先生、何か気になるチャットがありましたか？」

「いや、別に」

また記録をめくりはじめた。

神村が目をとめた頁《ページ》を取り外して見せてもらう。

大野秋恵が発信したチャットだ。一行足らずの短い文面ばかりなのに、そこだけはかなり長めだ。

――わたしたちは希望を持ってこの小学校に入ってきました。先生方はいい人ばかりで、子どもたちも何不自由なく日々楽しく過ごして成長しています。慈愛と創造性を教育方針にかかげた学校も素晴らしいと思います。ただちょっと熱心なあまり、一部の人が目に余る行為に走っているようで気になります
日付は五月二十日金曜日午後四時十五分。四人が退出した日の二日前だ。

くだけた調子のものが多い中で、畏まった雰囲気すら感じられる一文だ。

これに対する返事は四人からなかった。

〝目に余る行為〟とは何なのだろう。それを知っているからこそ、返事をしなかったように見える。

グループ内の誰かがその行為をしたのだろうか。

そうだとすれば、それを咎《とが》めるような文面にも見えるのだが。

その前の記録に目を通してみるが、この長いチャットに関係するような箇所は見つからない。

「やっぱり何か、グループ内でもめていたんでしょうか?」

神村に訊いてみる。

「どうだろうな、その文面は……」

「そうですね。グループ内の特定の人を攻撃しているようには見えないですよね」

「何か評論家みたいな文章だ」

「ああ、かもしれないです。グループ以外の保護者について批判しているようにも見受けられますけど」

「だな」

これは大事な手がかりではないか。

四人のうちの誰かに訊けばわかるかもしれない。

いや、へたにまた聞き込みをかければ、おそらくみな口を閉ざしてしまう。知っている当の本人はもうこの世にはいないのだ。

はっとした。警察にかかってきた、自殺ではなく殺人だというタレコミの電話。電話をかけてきたのはひょっとしたら、四人のうちの誰か？

奇妙な長いメールより前の分に目を通す。

――もう三年生なんだもん、塾は必要だよね～

大野秋恵の発信だ。四月七日木曜日午後九時十五分。

――わたしはまだ塾はいいかな～

二分後、木村百合が返事をしている。

ほかの三人も同様に、塾に対しては否定的なコメントを返信していた。

これって、何かあるのだろうか。

大野秋恵は子どもを三月から塾通いさせていた。

このあたりの事実関係は、夫の卓也に訊けばわかる。

しかしと思った。

たとえそれがわかったところで、どうなるというのか。

神村が言ったように、重箱の隅を突いているような気がしてならなかった。

ほかの四人のそれぞれのラインの記録も洗わなくてはいけないと思った。

かなりの手間になる。課長は許してくれるだろうか？

7

「大野さんのことについて、署に電話をかけてきてくださったのは、磯村さん、あなただったんですよね？」

磯村はしきりとフォックス型のメガネに手をやり、どう答えるべきか考えをめぐらせている。

ここは夫が経営する診療所の裏手だ。人の目はない。

「もう少し早く気づくべきでした」

磯村は先を急ぐなというふうに手で遮り、

「わたし、してませんよ」

と声をすぼませる。

それはいい。ヒントをくれたのは誰であるにせよ、不正が行われているとしたら糾《ただ》さなくてはいけないのだ。

「ひとつだけわかりません。大野さんが自殺した前の週の日曜日、あなたをふくめた四人は、グループからいっせいに退出しています。どうしてですか？」

「あれかな……」

磯村は洩らした。

「なんです？」

口にしたことを後悔したみたいに、磯村は唇の端を歪《ゆが》めた。

「ひょっとしたら、光本さんが旦那さんと別居状態にあるのを大野さんは……」

そこまで言ってまた磯村は口を閉ざした。

「光本さんの夫がよその女の人と一緒にいるような噂が流れているのは知っています。それを大野さんはどうしたんですか？」

「……ですから、彼女は学校側と近いから」

振り絞るように口にする。

夫と別居状態にあるのを学校側に洩らせば、光本にとって学校側の心証は悪くなる。これからもまだ、子どもは中学校、高校と進んでいく。成績は別にしても、家庭問題が大きくなれば、光本にとってプラスには働かない。

あの長いチャットが浮かんだ。

ニュアンスから見て、家庭内の問題を批判しているようには思えなかった。

「そのスキャンダルを大野さんは学校側に洩らしてしまったんですか？」

磯村は手を振り、

「そんなこと言ってないじゃないですか」

と必死に否定した。

とにかく、何事かがボスママである光本の機嫌を損ねたように思われた。

それがもとで、光本は三人をいっせいにライングループから退出させた。……ということだろうか？

それはそれで十分な理由に思えるが、光本のあっけらかんとした性格から見て、いまひとつうなずけなかった。

磯村の視線がじっと向けられているのに気づいて、はっとさせられた。

その目がしきりと何かを訴えていた。

しかしこれ以上訊き出すものは何もなかった。

「……三月なんです」

恐る恐る磯村は口にした。

三月？

何があったの？

ふと、それに思い当たった。

塾か？

大野秋恵は子どもを塾通いさせるようになった。

しかし、ほかの四人の母親はそれに反対だった。

あれか？

8

四日後。

ドアが開いて、髪を真ん中で分けた女が用心深げな顔をさらした。

立ったまま、木村百合は家の中に入れてくれようとはしなかった。

ここは西馬込にある木村家が住んでいるマンションだ。

「ちょっとお話ししたいことがあります」

顔を覗かせた青木をまじまじと見て、木村はあきらめたらしく、玄関に通してくれた。リビングに案内される。安っぽそうなベッド兼用タイプのソファをすすめられる。

木村はキッチンに回ってヤカンに水を注ぐ。

それはいいですから座ってくださいと伝えると、木村は不安げな顔で足をそろえてソファに腰を落ち着けた。

「突然で申し訳ありませんでした」

「あ、いえ」

少し乱れた横髪を手で直す。

「あの……またあの件で？」

と問いかけてくる。

「そうなんです。いくつか確認したいことができたものですから」

木村はやや落ち着きを取り戻したように肩の力を抜いた。

「大野さんは教育熱心で、学校のPTA活動も積極的になさっていて、そのような方がどうしてあのような最期《さいご》を遂げたのかふしぎでした」

美加が言っていることを神妙な表情で聞いている。

「ご主人ともうまくいっていらっしゃいますし、お子さんも毎日元気で学校に通っていらっしゃいました。問題があったとしたら、この三月です。おわかりですよね?」

「三月……」

言うなり顔をそむける。

「大野さんは子どもさんを塾に通わせるようになったじゃありませんか?」

木村はほっとしたような顔で、

「ああ、はい」

と答えた。

それが何かと言いたげだ。

「どうして、塾に通わせるようになったのか、ご存じですか?」

「二年生の三学期から国語と理科の成績が悪くなったと秋恵さんは嘆《なげ》いていらっしゃ

って」

美加は前に腰をずらした。

「おかしいですね。学校側に成績を見せてもらいましたけど、心配するようなものではありませんでしたよ」

「でも、彼女にとってはショックだったんじゃないですか」

「親でしたらちょっとした変化でも気になって、そうさせたのかもしれません。木村さんもご経験はないですか？」

「ないことはないですけど」

「光本さんを含めて、グループの方は、大野さんが美緒ちゃんに塾通いさせたのを反対していたようです。どうしてですか？」

木村は呆《あき》れたような顔で、

「塾なんて通わなくたって、上に行けるじゃないですか」

その通りだ。小学校に入ってしまえば中学高校と自動的に進学できるのだ。

「木村さんはお子さんに習い事などをさせていますか？」

「スイミングとかダンスなんかを習わせた方がいいと思って、そうさせています」

「それは伺っています。両方とも光本さんのお子さんとご一緒にレッスンを受けていらっしゃいますよね？」

木村は口を半開きにして目を見開いた。

どこまで調べているのかという顔だ。

「はい……」

「グループでは月に一度は必ずランチ会をするそうですね。四月以降も欠かさずに行われた。大野さんがいる前で、スイミングやダンスの話ばかり出るようになった。大野さんは当然話についていけなかった。……わざと大野さんを無視するために、そうしたんですよね？」

「あの……それは誰が言っています？」

「どなたでもいいじゃありませんか」

兼井美沙から聞いたのだ。

足元に置いたショルダーバッグから、そのパンフレットを取り出して木村の前に置いた。

「こちらはどうですか？」

木村の顔が青みがかり息が止まった。

大学受験のための予備校を持つ大手進学塾だ。小中高向けの塾も開設していて、その小学生コースに大野は子どもを入れたのだ。

「大野さんがどうして美緒ちゃんを塾に入れたのかおわかりですね？」

木村は首を横に振った。

「知らないです。親御さんにはそれぞれ考えがあるでしょうから」

弁解めいた口調だ。

「将来的に別の私立中学校の入学試験を受けさせる腹づもりがあったみたいですよ。それについて、何か大野さんから聞いていませんか？」

木村は理解に苦しむような顔で、知りませんと答えた。

「どうして、そう思うようになってしまったんでしょう？」

続けて問いかけるが木村は答えなかった。

「大野さんは同じ塾に通うお母さん方と知り合いになりました。その話は？」

木村は顔をそむける。

「知らないです」

「そのお母さん方と会ってきました。その中のひとりから、英啓学園高校に関わる話を聞きました。高校の一部の教師や教頭が予備校の教師や幹部を接待しているそうですね」

青ざめていた木村の頰が、すっと赤く染まった。

「彼らは手はじめに懇親会と称して一流ホテルに予備校の教師や幹部を招いてお土産付きの豪華な食事をふるまう。そこで知り合いになった人を銀座で呑ませたり、アゴアシ付きで温泉旅行に連れていったりする。……どうして、そんなことをするかご存じですね？」

十分に知っている顔だ。大野秋恵から聞かされているのだ。

「その塾の中学生コースにいる生徒たちの中には、優秀な子も大勢います。ほとんど全員が有名進学校を狙《ねら》っている。そんな塾の教師たちに、併願は是非うちにと囁《ささや》きかけるんです。その結果、ここ数年は毎年英啓高校に優秀な生徒が入って来て、有名国立大学や私立大学の合格者を多く出すようになった。彼らは英啓の名前を売るために、汚職すれすれの工作をしているんですよ。その話を大野さんからあなたは聞きましたよね？」

木村は硬い表情のまま返事をしない。

「それらの接待費はどこから出ているかご存じですか?」

はじめて木村は意外そうな顔で美加を見た。

「模擬試験の受験料や教材費を学校法人の口座とは別の口座で管理しているようです」

英啓学園の経営手法に目をつけている警視庁捜査二課の係長から話を聞いているのだ。それによれば、彼らは予備校の授業を担当する国立大学の教授も接待しているらしかった。へたをすれば警察沙汰《ざた》になるかもしれない。

「大野さんはもともと真面目《まじめ》ですし、自分が通う学校の教師がそのような犯罪に手を染めていることが許せなかったんです」

その真情の発露があの長いチャットの文章だったのだ。

通信記録のその部分を木村に見せると、表情が凍りついた。

「このメールを見て、あなたは大野さんが怒りの限界に達していたと判断した。それで、すぐ光本さんに相談をした。光本さんは学校の理事が親戚にいるし、かなり困ったはずです。そして、ママ友の三人に命令を出した。それが五月二十二日のラインのグループの一斉退出です」

木村の喉から呻《うめ》くような声が洩れた。

「そのラインイジメを提案したのはあなただったですよね？」

木村はまじまじと美加を睨《にら》みつけた。

「わ……わたしが？」

「光本さんを焚《た》きつけるために、彼女の指輪や腕時計を盗んだのは大野さんだと告げ口した。実際はそんな盗難、なかったんです」

光本への事情聴取で、それらは一時的に見つからなくなっていたもので、あとになって見つかったという証言を得ている。

「とにかく大野さんに学校にいられては困る。何とか子どもをやめさせられないか。そんなような話がもたれた。そして、ラインイジメが始まり、ランチ会でも大野さんを無視するようになった。そうすれば、大野さんは居づらくなって早々に子どもをよその学校に転校させると踏んでいた。でも、彼女は自殺を遂げてしまった。へたをすれば警察が嗅ぎつけるから、その理由付けのために、大野さんによる盗難の話もねつ造した。どうしてそこまでやったんですか？」

木村は追いつめられた犬のような哀れっぽい表情になった。

「……あの人、外面ばかりよくて、わたしたちのことなんか、考えていなかったし」

「それだけじゃないでしょ。あなたの子どもさんは、英啓学園での生活がまだこの先ずっと続く。力のある光本さんがバックにいてくれれば何かと心強い。なくてはならない存在だった。あの人に取り入るためにしたんじゃないですか？」

一気にまくし立てると、木村ががくりとうなだれた。

「だって、ほんとに死ぬなんて思わなかった……」

やれやれと思った。

光本というボスママにとりいるために、一人の善良な母親を切り捨てようと提案したのだ。

わなわなと震えだした木村の膝に目を当てながら、少しばかり苦く無念なものがこみ上げてくる。

木村による工作とわかっても、それを証明すべき物証はひとつもなかった。

殺人教唆罪で逮捕など夢の話だ。

あるとするなら、捜査二課による学校の摘発だが、それも可能かどうかわからない。

ここに来る前に神村に言われたことがよぎった。

「悪人は懲《こ》らしめてこい」

その言葉どおりの働きができただろうか。

すぐ横にいる青木はひと言も口をきかなかった。

虹の不在

1

七月四日月曜日

「どうですかぁ、血ですかあ」

不動産屋の古川《ふるかわ》が訊《き》いてくる。

「まだ、わかりません」

やや、つっけんどんに西尾美加《にしおみか》は答えた。

六畳間の端、襖《ふすま》でダイニングと仕切られているあたりに、直径二十センチほどの円形のシミがうっすらとついている。チリひとつない四畳半の板の間だ。左手に風呂とトイレがある。

「電気消しますね」

「いいよ」

鑑識の志田進《しだすすむ》巡査部長が答えると、膝《ひざ》を落とした。

明かりが消えて、部屋が暗くなる。

薄ぼんやり浮かんだ志田のシルエットが、ルミノール液を噴きかけるのを見つめる。

そのあたりがうっすらと青みがかった光を帯《お》び始めた。

血のようだ。

円形のシミと同じ大きさにまで広がった。

「うん、間違いない、血だね。明かりつけて」

蛍光灯のスイッチを入れた。

志田がさばさばした顔で、立ち上がる。

Tシャツにジーンズ。正式な現場鑑識ではないので髪にネットをはめていない。

一方の血であると宣告された古川が口先をとがらせ、美加に視線を振ってくる。

白いワイシャツをたくしあげ、首元に下げたIDカードがぶらぶら揺れる。

「……あの、内田《うちだ》さんの血ですか?」

向き直り、手で制しながら美加は、

「まだ、人の血液と決まったわけじゃないですから」

と相手を落ち着かせるように答えた。

ルミノールは、人間以外の動物の血液にも反応して青白く発光する。その性質を利用するため、こうして夜七時過ぎに訪れたのだ。

「そうそう、台所でさばいた魚の血かもしれないですからね」

ダイニングを見渡しながら志田が答える。

しかし、検出された場所が場所だけに、古川は怯《おび》えた様子で目をぱちぱちさせる。

「署に持ち帰って本試験に回せば、人血であるかどうか判断できますので」

と美加はつけ足す。

実際は科捜研に送って、血液沈降反応を見るのだ。

「やっぱり、血だったんだぁ」

美加の言葉が届かないように、古川が六畳の畳《たたみ》部屋をせわしなく行き来しだした。

蒲田《かまた》駅西口にある独立系不動産店の店長をしている三十三歳。事件めいたものとの遭遇は初めてだったらしく、動揺が激しい。

「ですから……」

たとえ人の血液であったとしても、微量すぎるから血液型の判定はおろかDNA鑑定もおぼつかないだろう。さほど経験がない美加にしても、その程度はわかる。

二週間ほど前まで、この部屋には内田茂《しげる》という二十七歳の男性が住んでいたが、現在、居住者はいない。

「内田さんと最後にお目にかかったのはいつになりますか？」

あらためて尋《たず》ねると、古川がこちらに顔を向けた。

「わたしは一度も会っていませんよ。従業員の小松《こまつ》が担当で半年前に会ったような話をしていますから」

まるで自分は犯人ではないと弁解しているような口調だ。

古川によれば、内田がこのミズキ荘二〇二号室に入居したのは、ちょうど一年前の七月初め。入居の説明は小松が担当したが、本人の写真はなく、ただ若い男性というのみだ。

「先月、本人がここを出ると電話してきたのは間違いありませんね？」

古川は頭を掻《か》きながら、

「はい、二十日の午後、電話が入りました。その日の夕方、小松がここを訪ねたんです。そしたらもう、空《から》になっていて」

「家財も何もすべて片づけられていたんですね？」

「はい」

引っ越してから、電話を入れた形だ。アパートを出るなら、前もって不動産会社に知らせるのがふつうだ。急ぐ訳でもあったのだろうか。

「こちらに入居予定だった方がいたと聞いていますけど、そちらはどうなりましたか？」

「先月の二十七日に、一度この部屋をお見せしたんです。そのときは、今月の一日から入るようなことを言っていたのに、次の日にはキャンセルされてしまって」

「どうしてですか？」

古川は丸いシミを睨《にら》みつけた。「あれですよ。気持ち悪いからって」

「でも、一度は入居するのを決めたんでしょ？　見学のときは、どう説明したんですか？」

古川は目をそらした。「……しょうゆをこぼしたと」

適当なことを言って、その場をしのいだのだ。

「そのお客さんは、なぜこのシミが人の血であると思ったんでしょうかね？」

「こっちが訊きたいくらいですよ」古川は語気を強めた。「内田さんが出てから、すぐハウスクリーニングを入れてきれいにしたのに」

それでも、あのシミは落ちなかったのだろう。

「神経質な方だったんでしょうかね？」

「そうだったかもしれないけど、安いし我慢してくれなきゃ」

うっかり古川は本音を洩《も》らした。

わざわざ、ここを選んで住むことはないと思ったのだろう。その客はほかの不動産屋に移ったという。何かを敏感に感じとって、断ったのかもしれない。

「でも困りましたね。内田さんの居所がわからないんじゃ」

「はい。引っ越し先や本籍地まで足を運んだんですけど、ご本人様は見つからなくて」

転居に伴い、内田は不動産屋あてに退居届を郵送で送りつけてきた。転居先は、武蔵野市吉祥寺北町となっていた。入居時に内田が提出した住民票を元に区役所で本籍を調べた。その結果、西東京市の田無《たなし》であることがわかり、その両方に古川は足を運んだものの、居住している様子は見つけられなかったのだ。連帯保証人も架空の人物らしく、おまけに、転居直前の二カ月は家賃が未払いになっていた。内田の勤務先に電話しても応答がなく、気味悪くなり、古川は昨日、蒲田中央署に連絡を入れてきた。

一晩明けて夜になり、こうしてルミノール反応の試験に立ち合わせているのだ。

「内田さんの勤め先はおわかりですか？」

「あ、それは」古川は携《たずさ》えていた契約書類をめくった。「えっと、こちらになります」

勤務先の欄に、セラフィスとある。西蒲田七丁目にあり、電話番号も記されていた。

「会社になります？」

「いえ、マッサージか何かのお店らしいです。電話が通じなくて」

「自営業ですか……」

古川は先月、内田本人から不動産屋あてに送られて来た退居届を見せてくれた。

整然とした印刷文字が並び、肉筆はない。

神村五郎《かみむらごろう》がルミノール反応の出たあたりを一瞥《いちべつ》してから、

「シダちゃん、こっちもやってみようか」

と声をかけて、ダイニングに移った。

椰子《やし》の木をあしらったアロハシャツにデニムのハーフパンツ。短めにカットしたシヤギーヘア。ワインバーあたりの店長を思わせる。

「西尾、消して」

神村に言われ、明かりを消す。

シュッとルミノール液を噴きかける音がした。畳で光っているあたりから連続して、板の間にも十センチ幅の青白く光る帯が出現した。それは風呂場に向かっている。

「風呂場行くぞ」

神村とともに志田が風呂場に入った。

志田がルミノール液を噴きかけると、風呂場の床が青白く光りだした。続けて四角い浴槽の中にも同様に噴霧する。こちらも青い光を発した。

「あー」

神村の吐息が洩れた。

「こりゃ、やばいすね」

志田が応じる。

「ここで殺《や》って、板の間を引きずっていったか？」

「たぶんねー」

まさかと思った。

ここで死体を切り刻んだ？

死体を運ぶとき、板の間や畳にも血が飛び散ったのだろうか?

「おーい、古川さん、覚悟してくれよ」

言われた古川が、なよなよとしゃがみ込んだ。

「……内田さん、ここで殺されたんですか?」

声を振り絞って尋ねる。

「本人かどうか、まだまだわからんけどさ」神村が言う。「その可能性が高いかもしれないね」

古川が唾《つば》を飲み込む音が聞こえる。

神村の了解を得て明かりをつけた。

古川がまぶしそうに目を細めた。両手を硬く握りしめ、半開きになった口元が震えていた。

やれやれと思った。

殺人事件とするなら、困難な捜査になるのは目に見えている。

何しろ死体がないのだから。

明日の朝一番で正式に捜索令状を取り、部屋を隅から隅まで調べるしかない。室内に残る足跡や髪の毛のような微物を徹底的に採集するのだ。これはとてつもなく大きな事件になる。心してかからなければ。

悲壮な決意を抱いたものの、神村はどこ吹く風とばかり、アパートの窓を開け外の様子を窺《うかが》っていた。

早くも筋読みをはじめているらしかった。まるでもう、犯人の見当はついているとばかりに。

2

二〇二号室の鍵《かぎ》をきっちり締めて、アパートを出た。古川は店に戻ると言って、車で去っていった。神村とともにアスリートに乗り込む。聞き込みをすませたイベリコこと青木要《あおきかなめ》巡査部長と小橋定之《こはしさだゆき》巡査部長がやって来た。

ルミノール反応が検出された経緯を説明すると、まんざらでもない顔で青木が、

「ここで殺しか」

とアパートを見上げながらつぶやいた。

コンクリートの板塀に囲まれたモルタル造りの古いアパート。総戸数六つでプロムナード蓮沼《はすぬま》通りから南へ入る路地の際に建っている。二〇二号室は二階の奥からふたつめの部屋だ。

「まだ殺しと決まったわけじゃないです」

「風呂場が血だらけなんだろ？　解体ショーをやったわけだよ、たぶん」

デリカシーの欠片《かけら》もない。

ショルダーバッグの中から大福を取り出し、ビニールの封を切って口に放り込む。

「イベリコ、アパートの聞き込みはどうだった？」

助手席にいる神村に訊かれ、青木は大福を食べながら、

「一階の一〇三号室に住んでいる片山知子《かたやまともこ》さん……クチャクチャ……先月中ごろに業者が来て、この部屋の荷物を運び出す様子を目撃していますね」

「先月のいつ？」

瞬く間に咀嚼《そしゃく》して、口の中を空にする。

「土曜日の朝イチだったのは覚えているそうです。となると、十八日になりますね」

「引っ越し業者か？」

「そうではないみたくて。まちまちの服を着た若い男が二、三人がかりで、あっという間に家財道具を軽トラックに積み込んでいなくなったと言っていますよ」

引っ越し業者ではなく、便利屋あたりに依頼したのだろうか。

「そのとき、片山さんは内田さんを見たのか？」

「いえ、業者だけだったそうです。それから、その前の週の六月九日、お隣の坂井義《さかいよし》行《ゆき》さんが、二〇二号室で男同士が言い合っているのを聞いていますね」

「ひと月前になるぞ。間違いないのか？」

「坂井さんは、蒲田の居酒屋に勤めていて木曜日が定休日だそうです。その日は一日中、部屋にいたそうですから」

「なるほど……男同士の言い争いか」

青木は窓に顔を近づける。「カネがないとか、カネを返せとか、そんなように聞こえていたらしくて。けっこう、激しい調子だったようで」

「客が言ったのか？」

「ええ、坂井さんによると、内田さんの声じゃなかったみたいです」

重要な証言ではないか。金銭がからんでいるなら、ますます事件めいてくる。訪問した男を捜《さが》さなくてはいけない。

「カネか……」

神村の額《ひたい》にうっすらと汗が滲《にじ》んでいた。午後八時を回っても、まだ日中の暑気が残っていて、車内はむっとする暑さだ。

「五郎ちゃん、近所のコンビニや商店街を当たってみたけど、内田茂を知っているのはいなかったな」

青木の横にいる小橋が告げた。

「ご苦労様でした。明日、もう一度じっくりやりましょう」

刑事課は総動員態勢で聞き込みになる。科捜研から人血という判断が出れば、捜査一課が乗り出してきてもおかしくはない。プライドだけは並外れて高い倉持《くらもち》刑事課長は、自力解決を優先して応援を仰がないだろう。

「そうだね」小橋は華奢《きゃしゃ》な腰に手を当てて、アパートを眺めた。「大事《おおごと》になりそうだな」

あれだけのおびただしい血液反応が出たのだ。内田の血だとしたら、何者かにより命を奪われ、そして部屋の中で切断されたと推定される。

「大事の前の小事。イベちゃんよ、今晩はふたりで張り込みだな」

小橋に言われて、青木は口を尖《とが》らせた。

「非番明けなのに、参っちゃうな」

「そうだったな」

と小橋は神村に視線を送る。

「張り込みなんて不要」

神村があっさりとのたまった。

「えっ、でも」

ひょっとして、最悪、殺人鬼がいつ舞い戻ってくるかもわからないのに、現場をほったらかしにするのはあまりに無謀。

「コバさん、セラフィスとかいう店、見てきてくれますか？」

美加は気を取り直し、内田の勤務先のマッサージ店ですと説明し、住所を小橋に教えた。

「よっしゃ、イベちゃん、行ってみようか」

「西蒲田七丁目ね。歩いて五分だな」

背を向けて歩き出したふたりを見送ると、神村はやってくれと口にした。

一抹の不安な気持ちを抱《かか》えて、スタートボタンを押す。

とたんにクーラーの冷気が顔に吹きかかった。

3

翌朝。午前八時。

幹部打ち合わせの席に美加も加わった。小橋と青木もいるが神村はいない。何度も電話したのに出ないのだ。昨晩、神村は東急池上線の蒲田駅で車を降りた。駅ビル屋上にあるビアガーデンで一杯引っかけて帰る、と言って人混《ひとご》みに消えていった。一杯が二杯、三杯と量が増えて、自宅のベッドで横たわる姿が目に浮かぶ。

蒲田中央署にとって、世紀の大事件が起こりかけているのに、本人はあくまでもマイペースだ。

とりあえず昨晩、署長と刑事課長には報告を上げているものの、あらためて一から説明する。

「その血液の鑑定依頼書は？　もう作ったのか？」

いきなり門奈《もんな》署長から事務手続きの話を切り出され、拍子抜けした。

「はい、あとはご決裁を頂くだけです。家宅捜索令状請求書も」

プリントアウトした稟議書《りんぎしょ》を差し出すと、門奈は最優先とばかり、机に戻って判を押し、美加によこした。

「それでと」門奈は座を見渡し、倉持刑事課長に視線を当てる。「令状請求をすぐにな」

黙り込んでいた倉持がうなずき、テーブルの受話器を取り上げ、課に電話を入れた。

それが済んだところで門奈は、

「血液鑑定はいつ出るかな？　どうだ、倉持」

と矢継ぎ早に尋ねる。

「まあ早くて、今週いっぱいはかかるかと思いますね」

門奈の顔色がみるみる変わり、

「今週いっぱい？　そんなのんびりしたこと、言っていられるか」

その剣幕《けんまく》にやや押された感じで、

「はあ、科捜研に催促《さいそく》の電話を入れますので」

ひと息ついたように、門奈はソファに身を預ける。

「やってるねえ」

ハイビスカスのプリントされたアロハシャツが部屋に飛び込んできた。デニムのハーフパンツは昨晩と同じだが、派手さ加減は昨日より上だ。

「ああ、カンちゃん、どうしてたの？」

下にも置かない感じで門奈が安堵《あんど》の表情を見せ、自分の前に座るように促《うなが》した。

仏頂面した倉持が重たげに腰を上げて、神村に場所を譲る。

「ごめんね、モンちゃん。まだ今年、ビアホールに行ってないのを思い出しちゃってさ」

「言ってくれれば、つきあったのに。こっちは官舎でつまらんバラエティ番組相手に缶ビールだったよ」

「そうかあ、悪い悪い。じゃ、今度の金曜日に女警でも連れてくり出そうか？」

「うん、そうしよう、そうしよう」

事件などまるで頭にないようにはしゃいでから、

「で、どうなの？　殺し？」

と門奈が問いかける。

神村は黙り込み、眉根《まゆね》を寄せ真剣な面持ちでうなずいた。

「そうかあ、やっぱり殺しかぁ――」

詠嘆《えいたん》する門奈をよそに、神村は平然としている。

「人を風呂場で切り刻んだんでしょうね」

ソファの横で立っていた小橋が口をはさんだ。

どうなの、という顔で門奈が神村の顔色を窺う。

「浴槽も床のタイルも、一面が血で染まっているし、まず間違いないね」

「どうしてそう言い切れるんだ？」

訊きたくてウズウズしていた様子の倉持が、ようやく口を開いた。

「あれ？　チュウさんは魚か何かでもさばいたと思ってるの？」

馬鹿にされたように感じたらしく、倉持のこめかみに青筋が浮いた。

「そんなこたあ、ない」

「魚にしたって、二メートルぐらいの生きたサメをめった切りするくらいの出血だっただろうよ」

「だから、まだ人血とは限らねえ」

苦虫をかみつぶしたように倉持が言う。

それが耳に入らないかのように、

「血で染まった面積から見れば、おおよその出血量は見当がつくからね。まず人だろう」

神村が言うと、美加に視線を移した。

続きはこのわたしが答えろと言いたいようだった。

警察学校で教わった法医学の授業を思い出しながら、

「出血量はあまり問題にはならないと思いますけど」

と答える。

神村は失望したように口の端を歪《ゆが》めた。

「それは死体がそこにある場合だ」

どことなく教師のような口ぶりになる。

「……そうですね」

わかっているなら、なにも皆の前で恥をかかせなくてもいいのに。

「死体があれば受傷箇所を調べて、出血量を弾《はじ》き出せるが、今回は特殊だぞ」

その先を考えろという目で、なおも問いかけてくる。

「あ、はい……死体がありませんし、殺害場所が二〇二号室であるかどうかも未確認です」

ようやく、答えが出たかという顔で視線を外した。

「それに内田ひとりの血液ではない可能性もある」

と神村はつぶやいた。

血液量の多さから、複数の犠牲者がいる可能性も否定できないと言いたいようだ。

「難しいことはいいからさ」門奈が続ける。「この際、最悪のケースを想定して臨《のぞ》もうじゃないの」

全員がうなずく。

「内田の人定《じんてい》はできそうか？」

ふたたび門奈が口にする。

「姓名、住所、生年月日を元に内田茂の照会をかけましたが、該当する人物はいません」美加が答える。「運転免許証を持っていない可能性もあります」

免許証を持っていれば、照会センターでたちどころに顔写真も含めた人定ができるのだ。

「携帯はどうだ？」

「わかりません」

「こっちに当たるしかないか」門奈は不動産屋から預かっている書類を見ながら続ける。内田本人による退居届や住民票、戸籍謄本などだ。「しっかり洗えよ」

「了解しました。本日中に転居先と本籍に当たります」

小橋が代わって答える。

「よし」

門奈は小橋の横に立っている青木に視線を当てる。

「引っ越し業者はわかったのか？」

「それがわかりません。制服も着ていなくて、軽トラックでさっと運び出していったそうですので」

「何だよ。話にならねえじゃないか」

「モンちゃん」神村が言った。「引っ越し業者だけど、便利屋か不用品回収業者かもしれないね」

門奈はしかめっ面になった。「そっちか」

「よっぽど調べないと、特定は難しいと思うよ」

依頼人の意向を受けて、引っ越し自体を秘匿《ひとく》する業者もあるのだ。

「胡散臭《うさんくさ》いな」

「うんうん」

倉持が不敵な笑みを浮かべて、座を眺めている。

気づいた門奈が声をかけた。

「さっきから聞いてりゃ、死体がどうのこうの、引っ越し業者がどうのこうのと知ったかぶりを決めてるが、大事なことを忘れちゃいねえか？」

「だから何なんだ？」

「アパートの住人ですよ、一階の片山はともかく、内田の隣室の坂井ってのはどうなんだ？　内田が男とケンカしているという証言を真に受けたのか？」

青木が首を傾《かし》げる。「……ウソついているようには見えませんでしたが」

倉持が右頰あたりをぴりっと引きつらせた。

「だからおまえはいつまでたっても平刑事のままなんだよ。だいたい、死体が消えているんだ。足が生えて、どっかへ行っちまったと本気で考えているんじゃないだろうな」

「それはないと思いますけど」

「ちょっと前にもあっただろ。城南でマンションに住んでいた女の子が神隠しに遭《あ》ったようにいなくなって」

「ああ、はいはい」青木はようやく合点がいったようにうなずいた。「隣人が自分の部屋で女の子を殺して、包丁で解体してトイレに流したアレですね」

「倉持、その坂井っていう隣人が殺ったと言いたいのか?」

門奈が訊いた。

「いや、ひとつの事例を挙げただけですから」

「要するにアパートの住民も注意深く観察しろって言いたいんだろ?」

倉持は硬い髪に手を当て、こっくりとうなずいた。

「わかったから」門奈がさほど気にしていないように、別の話題を振る。「小橋、内田が働いていた場所はどうなんだ？」

小橋が軽く手を上げる。「蒲田駅西口の雑居ビル二階にあるセラフィスという店です。こちらに」

不動産屋と交わした賃貸契約書の写しを小橋はテーブルに載せた。

地場の不動産屋だ。使用料は月に五万円。仲介手数料を八万円ほど払っていた。広さの記載はない。

「何の店だ？」

契約書に目を落としながら門奈が訊く。

「アロマテラピーの店だったそうです。ざっと五坪くらいですかね。すっかり片づいて、チリひとつ落ちていませんでしたよ」

「何なんだよ、アロマって？　女がやるんだろ？」

門奈は疑り深い目線を小橋に送った。

「さあ、どうですか。従業員も雇わず、ひとりでやっていたようですが」

芳香を焚《た》いた部屋のベッドで裸になり、マッサージを施《ほどこ》す店だ。男性が施術者であってもおかしくはないが、数は少ないだろう。

美加は内田本人からアパートを借りている不動産屋に送られて来た退居届の原本をテーブルに置いた。

門奈が退居届をつまんで、顔に近づける。「これって、本人が出したのかな?」

「不動産屋が封筒を捨ててしまっていますので、追跡できません。封筒の宛名もプリンタの印字だったらしいです」

そう答えた美加の顔を門奈は睨みつけ、お手上げとばかり、紙をテーブルに放った。

「内田茂を徹底的に洗うしかないか」門奈はひとりごちる。「家族、交友関係、職場、金銭関係のトラブル、勤務先の電話の通信記録に残っている連中。それから……」

門奈は神村に視線を送る。

「先月の九日、内田の部屋を訪ねた人物の洗い出しが最優先事項かな」

門奈はふむふむとうなずく。

「そうだね、とにかく、まずは現場の聞き込みだね、カンちゃん」

「そうそう」

「チュウさんが言うように、アパートの住民にも気を配ったほうがよさそうだね」

珍しく肩を持たれて、倉持もまんざらではないようだった。

「よし、刑事課総動員だ。地域課からも人を出す。それと現場鑑識」門奈は一件落着とばかり、膝頭を手で打った。「倉持、本部鑑識を呼べ。いいな」

「了解です」

これればかりは納得した顔で倉持がうなずく。

現場鑑識は徹底的に行う必要がある。志田だけではさすがに荷が重い。順当な判断だ。

「いいか、きょうじゅうに目星をつけろよ」

門奈は厳しく倉持に言い渡した。

4

内田が借りていたセラフィスが入居していた雑居ビルは、蒲田西口商店街から、大通りを一本隔《へだ》てた北側の区画にあった。居酒屋や一般住宅が混じった一方通行の通りの中ほどだ。セラフィスは二階に入居していた。五階建ての細い建物で、一階が焼き肉店、三階は美顔教室、四階と五階は空き室だ。

ビルに住んでいる人間はいなかったので、その前にアスリートを停めてしばらく待っていた。十時少し前、駅方向からTシャツ姿の若い男が焼き肉店の入り口の鍵を開けて中に入っていった。

車を降りた神村に続いて店の中に入る。

大型冷蔵庫の中から、肉の塊《かたまり》を取りだしてテーブルに置いた男に神村が声をかけると、作業を中断してこちらを振り返った。胸元に秋山《あきやま》という名札をつけている。警察手帳を見せ、ちょっと話をしてもいいかと声をかけながら、カウンター越しに向き合った。

秋山は肉に手を当てたまま、いいですけどと答えて神村を見た。三十前後、髪の長い男だ。

「ここの二階に入居していたセラフィスっていう店だけどさ。いつ閉店したか知ってるかね？」

秋山はしばらく考えてから、

「先月の中ごろくらいじゃないですか」

「挨拶《あいさつ》か何かあったの？」

「何もないです」

「どうして先月の中ごろにやめたのがわかったの？」

「客がぱったり来なくなりましたからね。それまでは、ちょこちょこと、出入りしてる人がいたと思いましたよ」

「あなたはここが長いの？」

「三年目になりますけど」

「こちらの店は夜は何時まで営業するの？」

「十一時で閉店です」

「二階の店のオーナーだった人は知ってる？」

「ときどき、顔を合わせる程度でしたね。名前も知らないし。エレベーターは使わないで、いつも階段で上り下りしていましたね」

「去年のいまぐらいに入居したんだよね？」

「それくらいだったかな」

「あなた、二階の店の中に入ったことがある？」

「ないですよ」

朝一番で不動産屋に立ち会ってもらい、神村とともにセラフィスが入居していた二階の部屋に踏み込んだ。

ブラインドが下ろされた室内は薄暗く、きれいに磨《みが》き上げられた床には、うっすらとほこりが積もっていた。間仕切りはなく、トイレと洗面台があるだけの簡単な造りだった。重い家具が置かれていたらしい壁際に、茶色い小さなくぼみがあるだけで、セラフィスがあったときの部屋の中の様子は窺《うかが》い知れなかった。

「ちょっと変わった業種だよね?」ふたたび神村が問いかける。「あなた何をしていたか知っている?」

「アロマテラピーでしょ?」

「知ってるじゃない」

「男の人がやってるから、ちょっと、ふしぎだなって思ったこともあったし」

「オーナーの写真なんか持ってないよね?」

秋山は諦《あきら》めたように両手を広げた。「ありませんよ」

「あの、いいですか」美加が割り込んだ。「先月の中ごろ、お客さんが来なくなったあたりで、セラフィスに引っ越しの業者は入りましたか?」

秋山はしばらく天井を見て考えてから、

「そういえば、ちょうどいまぐらいの時間かな。この前にトラックが停まって、荷物を運び出しているようなのを見たな……」

「いつですか？」

「えっと、土曜日だったかな」

「十八日ですか？」

「たぶん」

アパートを引き払った日と同じだ。

「運び出しているのが、セラフィスの荷物だとわかったんですか？」

秋山は両手を互いに向き合わせて、その距離を広げた。

「治療台っていうんですか？　長いベッドみたいなのを運び出していたし」

「その業者は覚えている？」

神村が訊いた。

「いやぁ、制服を着てなかったし、表に停めてあったトラックにも業者名がなかったんじゃないかな。すごく手際《てぎわ》よくて、一時間もしないうちにいなくなったし」

アパートから内田の荷物を運び出した業者と同じかもしれない。

「そういえば、一昨日の夕方、女の人がうちに来たな」秋山は思い出したように言った。「セラフィスの移転先がわかったら教えてくれと言って」

「客か何か？」

「だと思いますよ。ちょっと待ってください」

秋山はレジの横を調べ、小さなメモ用紙を見つけて差し出した。

携帯の電話番号と名前が記されている。

松谷《まつたに》由里《ゆり》と書かれていた。

三十前くらいの美人だったと秋山は言った。

ひいき筋の客だろうか。それとも、プライベートな関係にあった人だろうか。

神村が目の前から消えたので、あわてて店を出る。

店の前で神村はスマホで電話をかけていた。

相手はすぐに出たようだ。

しばらく話し込んでから通話を切ると、神村はさっさとアスリートに乗り込んだ。

5

　ブティック・ルナは蒲田東口商店街の東の外れにある路面店だった。洒落《しゃれ》た木枠のドアサイドに観葉植物が置かれ、磨かれたガラス窓越しに、女性用のシックな柄の服が取り揃えられているのが見える。

　アスリートを横付けして店に入った。エスニック柄のプリントワンピースを着た若いきれいな女がいて、神村が声をかけると、髪を手ですきながら、おぼつかない表情でうなずいた。松谷由里のようだ。そこそこに肉付きがいい。透明感のあるベージュのロングヘアは、顎下《あごした》からレイヤーを入れていて暖かみを感じさせる。濃いめの化粧をしていて、フェザーのついたネックレスからも、南国チックなものを感じさせた。

「お電話で失礼しました。いま、よろしい？」

　神村が警察手帳を見せながら言った。

　客はおらず、松谷ひとりだけだ。

　正社員として、ルナに雇われているらしい。

驚いた様子もなく、「あ、はい」と口にした。

「セラフィスの内田さんと連絡を取りたいと伺《うかが》いましたが、あそこのお客さんでした？」

何度もうなずきながら、

「一年前から週に一度通っていたんですけど、急にいなくなってしまって、困っています」

神村は相手の緊張を解くために、笑みを浮かべた。

「あ、いやいや、参考のためにお会いしたいと思っているんですよ。内田さんと最後に会ったのはいつになりますか？」

「先月の十三日です」即座に答えた。「お店が月曜日休みなので、だいたい午後一番ぐらいに利用していたんです。その翌週の月曜日も予約をしていたんですけど、行ってみたら部屋がすっかり片づいて、店がなくなっていてびっくりしました」

「その翌週というと、六月二十日ですね？」

美加は横から尋ねた。

「はい」

内田はひいき客にも何も言わず、店ともどもいなくなってしまったようだ。

「内田さんの写真はありますか？」

「はい」

松谷は戸惑った様子で店の奥に入り、スマホを手にして戻ってきた。撮影した写真の一覧の中から一枚を拡大表示させる。

居酒屋のテーブル席のような場所で、男女が三人で写っている写真だ。テーブルの右手に松谷がいて、その対面にネクタイをした面長で、つるりとした顔立ちの男がカメラを向いて笑みを浮かべていた。男の手前には額の広い若い女が笑みを浮かべている。

「この男性が内田さん？」

神村が訊くと松谷はこっくりとうなずいた。

美加は自分のスマホに写真を転送してもらった。

神村は、もうひとりの女性について尋ねた。

「うちのお客さんで、亀井理恵子《かめいりえこ》さんです。セラフィスを紹介してくれた方です」

神村はスマホに写っている写真を覗き込みながら、

「五月二十日に撮った写真ですね」

と口にする。

「はい、わたしも休みが取れて、内田さんと三人で蒲田駅近くの亀井さんが行きつけの居酒屋で吞《の》んだんです。三浦半島のお魚を直送するお店で、お刺身《さしみ》がおいしいという評判があって。話は前々からわたしも内田さんも聞いていたので、その前の週に誘いあって行きました。けっこう吞んじゃって」

「内田さんて酒が強い？」

「もう、めちゃくちゃ。ひとりで軽く焼酎《しょうちゅう》一本あけて、けろっとしてるんですよ」

「刺身以外に、どんなもの食べたの？」

意味のない質問をくり出す神村だった。

「わたしたちはお刺身の合間に、枝豆をつまむ程度でしたけど、内田さん、金目鯛の煮付けやアラ豆腐なんかをふたり分、ぺろっと平らげちゃって……」

大食漢だろうか。

松谷が何か考え込んでいるので、さらに問いかけてみる。

「出会ったころは、あんなに食べなかったのにな……」

「一年前にあなたがはじめて施術を受けたころと比べて、大食いになっていたわけだ」

「そうですね」

この際、食欲など事件とは無関係に思えるのだが、神村はどことなくしつこい。

「アロマテラピーは女性の施術者が多いと思いますけど、内田さんの施術はいかがでしたか？」

美加は抱いていた疑問を口にしてみた。

「わたしも以前は女性のお店に通っていたんですけど、それよりずっといいと思います。ひとりひとりの好みに応じて、違うユーカリを使ってくださるし。フェイシャルもずっと丁寧《ていねい》です。それに、全身をほぐしてくれるので、もうやみつきになって」

「そうですか」それほど上手なら、自分もと思わず口に出かかった。「繁盛《はんじょう》していたでしょうね」

松谷は沈んだ表情で、

「予約すればいつでも取れたし、あまり流行《はや》っていなかったと思います」

「どうしてですか？」

わかってくれと言わんばかりに、松谷は正面から美加の目を見た。

「だいたいが女性じゃないですか」

そうか、とあらためて思った。

アロマテラピーの施術者は女性がほとんどだ。男性は警戒される傾向にあるのだろう。別の話題を振ってみる。「あなたと亀井さんのほかに親しくしていたお客さんはいらっしゃいましたか？」

「どうだろう」松谷は吊《つる》しものの服に手をあてがう。「そういえば、スマホで女の子の写真を見ていたわ。わたしたち、それって、彼女ですかって冷やかしたりしたの。そしたら、あわてて引っ込めて」

「それも呑んでいた席で？」

「食べるもの食べて、ちょっと一服していたときに」

「どんな子でした？」

「目のぱっちりした女の子でしたね。わたしたち、ふたりして誰々って追及したの。そしたら、とうとう根負けして片岡《かたおか》さんて洩らした」

少し意地悪そうな笑みを浮かべながら言った。

「下の方の名前は？」

「どうだったかなぁ」首をひねりしばらく考えてから、「……ゆう……ちがうなあ、そうだ、ゆい、そうそう、ゆいって言っていた」

「片岡ユイさん？」

「そうだったと思います」

スマホに映っている内田はそれなりのイケメンだ。松谷や亀井は彼に対して恋愛感情を持ち合わせていなかったのだろうか。美加はそれとなく口にしてみた。

松谷は忘れ物を思い出したような顔で、

「それはなかったですよ」と答えた。「わたしも亀井さんも」

「でも、親しかったんでしょ？　特別に交際を求められたりはしなかった？」

ぶしつけな質問をする神村に、

「それってセックスを求められるということですか？」

真剣な眼差《まなざ》しでうなずく神村に、拍子抜けするような顔で首を横に振る。

「それはわたしも亀井さんも一度もありませんでした」きっぱりと松谷は言った。

「何て言うのかな。男性というより、こう、何でも話せるし、女の子の親友のひとりって感じだったかしら。亀井さんも同じだと思いますよ」

神村はじっと内田の写真に見入っている。

日頃から彼女たちの体をケアしている立場から、ふたりを温かい目で見守る内田の人となりが想像できた。立場上、それ以上の関係は内田本人がセーブしていたのかもしれない。

「最近の内田さん、何か背が伸びたような感じだったんです」松谷が続ける。「でも、実際はそうじゃなくて、前と比べて胸を張って歩くようになったからって気づきました」

「最近というといつになります？」

「……ここ二カ月か三カ月かなあ」

「その前は猫背気味だった？」

「そうでした。遠くから見ると、すぐ、内田さんだってわかったくらいですから」

「そうですか」神村はしばらく考えてから、

「お金の面で何か心配事を抱えているようなことはありませんでしたか？」

「お金ですか……どうかな」

「何かわかったらご連絡下さい」美加は言った。「内田さんがおふたり以外に、つきあっていたお客さんや取引していた業者とかご存じありませんか？」

松谷は思い起こそうと努《つと》めるように、自分の腕を撫《な》でる。

「……どうかな。あまりいなかったんじゃないかな。ジムに通っているくらいかしら」

神村の目が光った。「どこのジム？」

「エニウェア」

蒲田駅東口の繁華街の外れにある会員制のトレーニングジムだ。全国展開していて、会員ならどこのジムでも使うことができる。かなり安価なはずだ。

内田のスマホの電話番号を聞き出して、店を辞した。

刑事課に電話を入れ、内田のスマホの電話番号を報告する。ただちに通信記録を取ってくるとの返事をもらい、その足でエニウェアに向かう。

ブティック・ルテの前の道を南に取り、蒲田五丁目の信号を斜《なな》め左に折れた。

ほんの百メートルほど入ったところに、赤っぽいやや目立つ色に塗られたビルがあった。二階のところに、24Hオープンと書かれたジムの黄色い看板が張りつけられていた。地下駐車場に車を停めて、ジムのある二階までエレベーターで上がった。三階から上はカプセルホテルになっている。

入り口から入って右手にランニングマシンやエアロバイクが並んでいた。昼前なのでふたりの客がエアロバイクを使っているだけだった。天井は低く、左手奥に筋トレ用の様々なマシンが見えた。入って左側にスタッフルームがあり、ガラス越しにノートパソコンに向き合う黒いシャツ姿の若い男が見えた。

ドアを開けて声をかけると、男は顔を上げてこちらを見た。

警察を名乗りながら、部屋に入りドアを閉める。

目をぱちぱちさせながら、男は席を離れ近づいてきた。クラブのロゴが入った半袖《はんそで》シャツの首元までボタンをはめ、短パンを穿《は》いている。うっすらと口ヒゲを生やし、ソフトモヒカンのヘアスタイル。四角い顔が強《こわ》ばっている。胸に村井《むらい》と書かれた名札をつけていた。

会員の内田茂の名前を告げると、ほっとした感じで目を合わせてきた。

「内田さんですか。このところ、お見えになっていませんけど」

「よく通っているの？」

神村が尋ねる。

「そうですね、多いときは二日に一度くらいで」

「彼、どんなプログラムをしていた？」

村井は訝《いぶか》しげな顔で、

「ごくふつうの筋トレプログラムですけど」

「ふつうというと？」

「ストレッチをしてから、スクワット、それからチェストプレスで胸の筋トレ、ラットプルダウンで背中の筋トレのような順番でダンベルを使っていましたけど」

「ここは二十四時間営業だよね。内田さんは何時ころ来ていた？」

「夜の九時くらいからが多いですね」

店が終わったあと、通っていたようだ。

「練習熱心？」

「ここ三月《みつき》くらいは、かなり真剣に取り組んでいたと思いますよ」

「それまでは真剣じゃなかったの？」

村井の横顔が曇《くも》った。

「……それまでも熱心にやられていましたよ。わたしの目から見ても人並み以上に。でも、思ったほど筋肉がつかなかったな。……あの何かあったんですか？」

「お住まいからいなくなったという届出があってね。それで、いちおう調べているんです。ここはプールはないよね？」

「ないですけど」

「内田さん、トレーニングはどれくらいの時間をかけていた？」

「二時間くらいです」

「終わると風呂に入って、十二時前には帰る？」

村井は腕を組んだ。「風呂に入ったのは見たことないな。いつもシャワーだけだと思いますけど」

「そういう人は多いの？」

「ほとんど風呂に入って帰られますね。あの、ロッカーご覧になりますか？」

「彼の？」

「個人で契約されている専用ロッカーがあったはずです」

「見せてもらおうか」

村井は合鍵を持ってきて、隣にある男子更衣室に入った。

灰色の鉄製ロッカーが並び、奥手にある七段ロッカーの上からふたつめにキーを差し込んだ。

トレーニングシューズや中身の詰まった茶色いビニール袋があった。中にはトレーニング用の黒のレギンスとグレーのシャツがきちんと折り畳まれて収まっていた。

どちらもSサイズだった。シャツはそこそこに値の張りそうな袖無しのスポーツインナーだ。体を締めつけるコンプレッションスーツのようだ。胸のあたりが二重になっていて、かなりきつく体にフィットしていたはずだ。

それを広げてしげしげと眺める神村が、「カビてるな」と洩らした。

言われてみれば、首元のあたりから胸元にかけて黒ずんでいる。

汗をかいたまま、放置しておいたのだろう。一、二週間、いやそれ以上か。

ナイキのトレーニングシューズを鼻に当てて、神村は臭《にお》いを嗅《か》いでいる。

さすがにその真似《まね》は美加にはできそうになかった。

ずっと奥にきらっと光るものがあったのでつまみ上げる。

銀色の空の錠剤シートだ。四錠入りで薬は使い切っている。薬剤名の記載はない。

病気でも抱えていたのだろうかと思い、村井に問いかけてみたが、そのような様子は窺えませんでしたと答えた。

神村は気になる様子で錠剤シートをつまみながら、スマホで電話をかける。

「さっきの……ええ、ほー……わかりました」

三十秒ほどで通話を終える。

ここに来る前に聞き込みをした相手と話し込んでいたようだ。話の中身はさっぱりわからない。

「村井さんねえ」神村は陽気そうな声をかける。「内田さんは熱心に筋肉をつけるためのプログラムに励《はげ》んでいたわけだよね？」

「もちろん、そうです」

「あなたが指導した？」

「わたしもお手伝いはしましたけど、うちの場合、ほとんどお客さん同士で教え合うのがパターンでして」

はにかむように言う。

「内田さんも誰かからアドバイスを受けていたわけ？」

「はい、竹之内《たけのうち》さんから教えを受けていました」

「どんな人？」

「超ベテランです。お年を召《め》していらっしゃいますが」

「その人と連絡つくかな？」

「はい、携帯の番号でしたら。きょうも来ると思いますけど」

「何時ころに来るの？」

「八時過ぎにはお見えになると思います」

「わかった。また寄せてもらうよ」

村井の了解を取り、ロッカー内にあるものを押収してから、ジムを出た。

6

そこは蒲田駅にほど近い蒲田東口商店街のはずれにある雑居ビルだった。車を空き地に停めて、歩いてビルの前に来た。総タイル張りの古い四階建てだ。一階は居酒屋で二階はダンスホールが入居している。三階から上はバーが入居しているらしく、壁にそれらしい絵が張りつけられている。狭い入り口から神村とともに階段に足をかける。

神村が松谷に問い合わせたところ、このビルに入っていく内田の姿を何度か見たという。行きつけの店でもあるらしく、期待は持てないものの、聞き込みをするしかなかったのだ。

階段を使ってビル三階まで上がる。

バーのスタンドがふたつ並んだ奥に、ひとつだけ表示のないドアを神村が開けて中に入った。表札には小さく「杉戸《すぎと》クリニック」とあった。繁華街にしては珍しく医院のようだ。てっきり、バーに入ると思っていただけに、意外だった。空のシートと関係があるのだろうか。

玄関を改造した小さな受付スペースに丸顔の女がいた。神村が警察手帳を見せ用件を申し出ると、診察室1と小さなラベルの貼られた部屋に案内された。

白衣を着たでっぷりした女が回転椅子を回して、こちら側を振り向いた。ファンデーションの厚い下ぶくれした顔立ち。ぱさついた短い髪がところどころほつれている。真っ赤なルージュを引いているものの、唇の縦ジワが目立つ。四十前後、いや、もっと若いかもしれない。机にある小さなネームプレートに、杉戸理恵《りえ》とあった。

「杉戸先生でいらっしゃいますか？」

神村が慇懃《いんぎん》に声をかけると、女は深々とうなずき、警戒心を込めた目で睨みつけた。

「突然お邪魔して申し訳ありません。実はこちらの患者さんについて、お伺いしたいことができまして」

空のシートがあっただけで患者と結びつけてカマをかける神村にひやりとさせられる。

杉戸医師は体格とは似合わない低い声で、

「どなたになります？」

と訊いてきた。

その声色にしろ、発散しているどことなく崩れた雰囲気は、飲み屋街の医師として、似合っているような気もする。体調を崩したホステスや若いホストが気安く駆け込んで来られるような雰囲気が感じられた。

六畳ほどの狭いスペースには、診察机と診察台しかない。設備投資にさほどの金をかけていないように見受けられる。

「えっとですね、西蒲田にお住まいの内田茂さん」

ピンとこないらしく、返事をしない杉戸に、

「セラフィスというアロマテラピーの店を持っている方です」

と美加が補足する。

ようやく思い出したらしく杉戸は、

「ああ、あの方」

と返してきた。

「内田さん、何かご病気にかかっています？　差し支えなければ、教えて頂けると助かるのですがね」

ズケズケと神村が訊いた。

「構わないですよ。何か捜査でもしてるの？」

「直接、内田さんが関わっているわけではなくて、あくまで参考ですので」

杉戸は理解に苦しむという顔で、

「ならいいけど……どうしてここがわかったの？」

となおも問いかけてくる。

「ご友人から教えていただいて」

それでも納得いかないらしく、杉戸は息を吸い両手を組んだ。

「そうねぇ」杉戸は続ける。「彼……ちょっとこのあたりが悪いんです」

杉戸は自分の心臓のあたりに指で円を描く。

「心臓病？」

机の脇のワゴンからカルテを抜き取り、指に唾をつけてめくった。

「……えっと、不整脈の気があって。調べたら心房細動も出ていたので、しばらく通院してもらっています」杉戸は顔を上げる。「彼、どうかしたの？」

答える代わりに神村が空のシートを差し出した。

それを受け取った杉戸が、

「ワーファリンよ。これ、彼の？」

「ワーファリンというと……」

「血栓《けっせん》予防薬。不整脈は血が固まりやすいでしょ。血をさらさらにしておく薬。刑事さんなら、聞いたことない？」

「もちろん、よく耳にしますよ」

美加も何度か聞いたことがある。

「内田さんはいつごろからこちらにかかっています?」

杉戸はカルテに目を落とす。「去年の八月ね。胸のあたりがきゅーっと締めつけられるように痛むって言うから。心電図取ったら、不整脈が見つかったの」

「そうだったんですか」

消沈した声で神村が言った。

薬は当院で出しましたと教えられる。

手がかりになると思っていたのに、そうではなかったので落胆を隠せないようだ。

「内田さんがこちらに来られた最後の日はいつになりますか?」

杉戸はカルテに目を落とした。

「先月の六月七日になりますね」

もう、ひと月も前になる。

「それ以来、お見えになっていない?」

「ええ、来てない」

「わかりました」

とにかく、病気と行方不明については関係がないのは、はっきりした。

正午を回っていた。ミズキ荘の検証や小橋や青木が受け持つ捜査の行方が気にかかる。

それにしても、簡素な診察室だ。机の上にはプラスチックの書類ケースと電話があるだけだ。壁に掛けられたカレンダーにはメモひとつ書かれていない。

ベージュのカーテンが引かれた向こう側に人の気配がしたと思うと、白衣姿が横切った。

「看護師さんですか?」

美加が問いかけると、

「いえ、ここのパートナー、ちょっと」

杉戸が腰を上げて呼びつけると、銀色の腕時計をはめたか細い手がカーテンにかかり、半白髪のすらりとした男が顔を出した。紺色のネクタイをきっちり締め、ピンストライプのワイシャツが覗いている。やや時代遅れのメタルフレームの眼鏡の奥に涼しげな目が光っていた。

杉戸が警察の方ですよと告げると、男は軽く頭を下げ、隣室に姿を消した。

話し合うような声が聞こえ、よくよく聞いてみると問診の最中だったようだ。

先着していた患者がいたらしい。

もう退出しなければと思いながら、神村を見る。例のごとく、断りもなく内田のカルテを手に取り目を通していた。……国保適用でP波の乱れが顕著《けんちょ》、ふむふむ……などとつぶやいたかと思うと、あらためて杉戸の顔にしげしげと眺め入る。

杉戸は苦笑いを浮かべ、

「ご覧の通り、うちはそれほど繁盛していませんわよ」

と洩らした。

神村の視線が這《は》うように杉戸の足元に移り、しばらくそこで留まった。

失礼と言いながら席を離れ、杉戸の前を通りすぎ、カーテンをくぐり抜けて隣室に入り込んでいった。その様子をぽかんと見つめていた杉戸がこちらを見た。美加は肩をすくめるしかなかった。

場所柄もわきまえず、手前勝手な行動を取る神村には、いつものごとく付ける薬がない。隣から弾《はず》んだ笑い声が聞こえてきて、また医者相手に冗談でも飛ばしているのだろうと思うと身が縮こまった。

カーテン越しに神村の姿が横切った。診察室とは別の部屋に入っていったらしい。

しばらくして戻ってきた神村は、「こちらでは簡単な手術なんかもしますか、先生？」

と杉戸の肩をなれなれしくぽんと叩いた。

きょろきょろと言われたほうを向く杉戸が、

「隣の部屋ですか？　あれ、処置室ですよ」

「そうなんですか、てっきり設備が整っていたんで手術室かと思いました」

「どっちでもいいですけど。近所で働いている女の子が、二重《ふたえ》まぶたにしてくれとか、

ちょっと鼻を高くしてくれとかいうリクエストが多いので」

「美容整形してらっしゃる？」

「患者さんの要望に応じてね」

「なるほど、それでね。わかりました、じゃこれくらいで」

神村がいきなり退席したので、会釈《えしゃく》してそのあとにつづく。

「先生、どうされたんですか？」

「面白かったな」

「何がです？」

「杉戸医師の顔。気がつかなかったか？」

じろじろ眺めていたのは、ちょっと失礼だと思っていたのだ。

「……顔というと？」

神村はまどろっこしい顔で、

「解剖学的な見地からだ。眉毛の下の骨の盛り上がりとか喉仏《のどぼとけ》とか」

まったく何を言っているのかさっぱりわからない。

「あっちは完全にパスしていると思い込んでいたが、簡単にリードされてびっくりしていたぞ」

パス？　リード？

いったい、先生は何を言いたいんでしょうか？

そそくさと歩き出した神村の横顔は、それまでになく明るく、張りのようなものすら感じられた。

先生お気に入りのパスタの店が近くにあり、足はそこに向いた。

7

刑事課は緊迫した空気に包まれていた。志田が足早に近づいてきて、人血だったよと耳打ちされる。個人の特定は不可とも。

「現場鑑識はどうだったんですか？」

「二時間であっという間に終わっちゃったよ」

「えっ、そんなで」

「髪の毛一本、見つからなかった。この分じゃ、店も同じだな」

セラフィスの鑑識も行われる手はずになっているが、そちらからも手がかりは得られないかもしれない。

「聞き込みが進んでさ、アパートのほかの住民から証言が出た。サラ金から金を借りていたみたいだよ」

「サラ金ですか……」

「うん、百万近く。業者名を聞いたらしいんだ」

志田は蒲田駅西口にある独立系の消費者金融の店の名を口にした。大手ではないが、しぶとく生き残っているサラ金業者だ。厳しい取り立てで有名である。

「その取り立てマンが、六月九日に言い合った人物になりますか？」

「ちがう、ちがう。それより前。サラ金業者はさすがに部屋には入らないだろ。内田の部屋の前を通りかかったとき、玄関先で話し込んでいたのを聞いたらしいよ。若い男だったらしいけどね」

「内田はあちこちから金を借りていたんでしょうか……」

「だろう」

それほどの金をいったい何に使ったのか。

内田の携帯電話の通信記録は六月十四日を境に、ぱったりと通話やメールの交信は止まっているという。

「六月十四日……その日がちょっとやばいでしょうか」

「ああ、ひょっとしたら殺された日かもしれんな」

どきりとした。

課長席は空《から》で、居残っていた係員たちも輪を作り、眉をひそめて話し込んでいる。いよいよ大事件に発展しつつある雰囲気が感じられた。

それをよそに、神村は捜査の進捗《しんちょく》状況など気にならないらしく、早くも一件落着したような面持《おもも》ちでニヤニヤしながら将棋雑誌をめくりだした。

盗犯係係長関川俊則《せきかわとしのり》警部補に口頭で報告をしてから、片岡ユイの写真をカラー印刷し、データをSDカードに収めて志田に渡した。志田はさっそく本部に依頼して、顔写真のデータベースに投入し、人定《じんてい》作業をすすめてみると請《う》け負ってくれた。倉持課長にも写真を渡してほしい旨も依頼し、内田の携帯電話の通信記録を調べた。片岡ユイの電話番号はすぐ見つかり、本人を特定するため携帯電話の通信記録の照会文書をしたためる。

四時過ぎくらいから、捜査員がひとりまたひとりと帰ってきた。内田茂の住民票や戸籍に書かれた住所地に出向いていた小橋と青木も戻ってきた。

「田無の住所は眉唾《まゆつば》だったよ」

青木がうんざり顔で言った。

「住んでいなかったということですか？」

美加は訊《き》いた。

「一戸建ての住宅なんだけどさ。内田とは縁もゆかりもない家だった。おまけに、六年前から空き家でさ」

そこまで話すと、青木は蒸しパンをかじりだした。

不動産屋の古川が言ったことは本当のようだ。

「住民票も戸籍もトバシだな」小橋がつけ足す。「ホームレスなり金に困ったやつがその筋の連中に売り渡して、それを闇で買い取ったものかもしれん」

一昔前なら暴力団筋の専売特許だったが、近ごろではネットの闇サイトでそうした非合法な売買が横行しているのだ。

「内田茂というのはそもそも、殺された人間とは赤の他人ということですか？」

「その線が近い」

「じゃあ、いったい、内田と名乗っていた男はどこの何者なんでしょうか？」

たとえアロマテラピーの店で内田の髪の毛なり皮膚片が見つかって、ＤＮＡ鑑定に持ち込めたとしても、そもそも偽名であるなら意味がなくなる。

「それがわかりゃ、苦労しないよ、な？　五郎ちゃん」

神村はスパイクヘアの髪をごしごしと擦《こす》り、顔をしかめた。

さすがにそこまではわからないのだ。

内田という人間は、すねによほどの傷を持っていたのだろう。でなければ、赤の他人になりすますなどありえない。

「……内田って犯罪者か何かでしょうか？」

美加がおずおずと切り出す。

「たとえばどんな？」

神村に訊かれて、

「重大犯罪の逃亡者とか……」

とつぶやいた。

「殺しのホシ？　面割れしているなら逃げられんぞ」

「……かとは思いますけど」

たとえば、金融機関などに勤めていて、相当額に上る横領を働いたとか。

しかし、アロマテラピーの店を開くような人物像とはかなり開きがある。

「それより、聞き込みで金がらみのトラブルはどうだった？　何か出たか？」

小橋に訊かれる。

「アロマテラピーのほうは、あまり儲《もう》からなかったと思いますよ」

神村が言った。

「じゃ、やっぱり、お店関係で借金があった？」

「それもちょっと考えにくいですね。ひとりでやっていたから、人件費はかからなかったし、家賃もかなり安かったですから」

「プライベートで何かに使ったと見た方がよさそう？」

「おそらく」

「ギャンブルはどうなの？　そっちで借金こしらえなかった？」

青木が口をはさむ。

「いまのところ、そっち方面は出ていません」

代わって美加が答えた。

「それでも借金をしているのはたしかなようだしさ」と青木。

「その片岡ユイとかいう女の子を見つけ出すのが先決だな」

小橋が言った。

「本部と通信会社に照会中です」

「恋人か何かだとしたら、きっとなにか情報を持っているぞ」

「そう思います」

「コバさん、ひとつ頼まれてくれませんか？」

神村に言われて、

「いいよ、何？」

と小橋は請け負った。

神村は杉戸クリニックについて説明し、探りを入れてほしいと頼んだ。

唐突な申し出に小橋も青木も面食らったようだった。

「内田のかかっていた医者がどうしたの？」

小橋が尋《たず》ねる。

「自宅からかなり距離があるでしょ。紹介されたにしても、もう少しマシな医者を選ぶような気がします」

それも一理あるような気がしてきた。一番街通りをはじめとして、盛り場はＪＲ蒲田駅東口に集中している。暴力団員やヤカラの姿も目立つ界隈でそうした連中とのトラブルに巻き込まれていた可能性はあり、それに関わる情報を医師が握っている可能性もあるのだ。

「そう言われてみれば、妙な気もするね」

小橋も青木もいまひとつ乗り気ではないようだった。

「わかった。やってみよう」

内田の単なる主治医である以外の何物でもないと思っているからだろう。

「五郎ちゃんの頼みなら、やるしかないか」小橋が言った。「まずは通院患者からでも当たってみるか」

「取引業者もお願いしますね」

「そっちはイベちゃんだな」

「了解」

「ひとつよろしく」

8

午後八時。

午前中とは打って変わってエニウェアは熱気で溢《あふ》れていた。

エアロバイクはすべてふさがり、ランニングマシンの回転音が響き渡っている。女性は二割ほどだ。村井の案内で狭い通路を進む。フラットベンチに腰掛け、右手でダンベルを上げ下げしている男が竹之内渉《わたる》だった。六十代とは思えないほど肌の色つやがよく、白髪は一本もない。スタッフルームに移動してもらい、さっそく内田について話を聞いた。

「そうですか、道理で見ないと思っていたら」

全身黒ずくめのトレーニングウェアは筋肉で盛り上がっている。じろじろと遠慮のない目線で神村はその体つきを見ている。

「最後にこちらで内田さんをお見かけしたのはいつごろになりますか？」

美加は訊いた。

「正確には覚えていないけど、かれこれひと月近くになるんじゃないかな」

「内田さんのトレーニングの面倒を見ていらっしゃったと伺《うかが》っていますが、具体的にはどのようなメニューに内田さんは取り組んでいましたか？」

竹之内は意外そうな顔で、

「あれ、誰から聞いたの？　特別、面倒見ていたというわけじゃないけど」

村井から聞かされたのだろうと思い当たったらしく、それ以上は疑問を口にしなかった。

「まあ普通にウォーキングしてから、腹筋背筋とひととおりやって、そのあとダンベルを使って胸筋、ウェストという順かな。僕だけじゃなくて、あちこちのメンバーから教えられてやっていたという感じだな」

「彼が好んでやっていたプログラムは何になります？」

神村が口をはさんだ。

「そうねぇ、上腕二頭筋のダンベルトレーニングかな。毎回毎回、しつこいくらいやっていたよ。最近はよくデッドリフトをやっていたかな」

「デッドリフト？」

「両手で思い切りバーベルを上げるやつ」

「オリンピックの重量挙げですね？」

「まあそうだね」

「最近というと、いつごろからですか？」

ふたたび神村が訊いた。

「そうですね。ここふた月ぐらいだったかな」

「どの程度、やっていたんですか？」

「ふつうは、七、八回やって、小休止のパターン。これを三回くらいやるかな。彼の場合、その倍はやってたんじゃないかな」

「デッドリフトの効果は何があります？」

「そりゃ、何と言っても全身に筋肉がつきますよ。背中あたりが盛り上がって、より男らしくなるというかね」

「ふた月前まではやらなかったんですか？」

神村に訊かれて、竹之内は怪訝《けげん》そうな顔になった。

「……そうねぇ、そういえばやらなかったような気もするな」

「最初に内田さんがトレーニングを始めたときと最近とでは違いはあります？　体つきとか変わりました？」

竹之内は目を細めた。「それは変わったね。ここ一年くらいで、目を見張るような体つきになったよ」

「始めたころの内田さんの体つきはどうでしたか？」

「指で押せば倒れるくらいだったな」言いすぎだと思ったらしく、竹之内は頭をかいた。「ほとんど筋肉らしい筋肉はなかったと思いますよ」

「変化が見えたのはいつぐらいになります？」

ふたたび竹之内は押し黙った。しばらくして、思い出したように口にする。「……そうだなぁ、ここ半年、いや、三月《みつき》かふた月か」

「急激に筋肉がついてきたわけですね？」

「そうだね、そうだった。あんなに急に変わるのもなかったな」

ジムの話ばかりするので、美加は本論に戻さなければいけないと思った。

「あの、竹之内さんは、内田さんから気になるようなお話を聞いたことがありませんでしたか？」

「気になるって？」

「たとえばの話ですけど、お金に困っているとか、脅されているとか」

竹之内は目線を外し、じっと考え込んだ。

「トレーニングをしていて、何か急に体調不良を訴えたりしたことはなかったですか？」

「それはないと思うけどな。どうして？」

「ちょっと、不整脈があったようでして」

「それは聞いたことないよ。健康そうに見えたけどな……そういや、ふた月くらい前だったかな。『ひょっとして、あいつに殺されるかもしれない』とか、ふと洩《も》らしたのを耳にしたっけ」

「殺される？」

竹之内はぎょっとしたような顔で両手をふりふり、

「いや、そんなふうに聞こえただけでさ。聞き間違いだったかもしれないし」

神村は何も訊かず、黙っているだけだった。

美加はスタッフルームの窓ガラス越しにトレーニング室を見た。

内田は何かトラブルに巻き込まれていたのだろうか。それも、自らの命が危うくなるような。借金と関係しているだろうが、それは一部にすぎない。

彼は赤の他人の戸籍を手に入れ、内田茂というまったくの別人に生まれ変わった。よほどの事情があったに違いない。たとえば誰かに命を付け狙《ねら》われるような。しかし、その工作もうまくゆかず、とうとう見つかって命を落とした。そう解釈すべきだろうか。
明日は片岡の事情聴取が待っている。本部への照会の結果、つい一時間前に判明した。本名は片岡結衣。蒲田在住の二十八歳になるピアノ講師だ。

9

赤井《あかい》ミュージックサロンは蒲田西口商店街アーケードの中にあった。ドラッグストアと美容室にはさまれ、窮屈そうな店構えだ。ガラス扉の向こうに、L字形の受付が見える。看板には、大手楽器メーカーの音楽教室や英会話教室が併設されている旨の案内がされていた。

受付の女性に名乗り出て、片岡結衣の名前を告げた。しばらくして、音楽関係の本が詰め込まれた本棚の横のドアが開き、茶色い水玉模様のTシャツを着た、黒スカートの若い女性が現れた。小柄で透き通るような白い肌。毛先をワンカールさせたミディアムヘアが肩に届くかどうか。顔まわりを包み込むような前髪が小顔に見せている。写真の通り、黒目がちの目はぱっちりして、やや丸い顔立ちと少し横にふくらんだ鼻がイタズラっぽい表情を生んでいる。

受付から一番離れた丸テーブルに案内され、片岡は戸口と反対方向に腰を落ち着けた。突然の来訪を謝り、美加が名刺を差し出すと、顔を近づけ、穴の開くような目でそれを覗《のぞ》き込んだ。

「お仕事よろしいですか？」

美加が問いかけると、おどおどした表情で、

「あ、はい、このあとは十一時から子どもさん向けのピアノ教室ですから」

顔と同じく、可愛い声だ。

ほかでもないのですがと前置きして、内田茂の名前を出す。

さして表情は変えず、興味深さが勝ったように、「何でしょう」と問い返してくる。

住まいからいなくなり、大家からの要請があって、行方を捜していると伝えた。

「そうですか、やっぱり」

はじめて、暗い表情で目を伏せた。

神村は相手を見つめず、部屋の様子を窺《うかが》っている。

「片岡さんのことは、内田さんの知り合いから伺いました。最近いつお会いになりましたか？」

片岡は表情を凍《こお》らせ、身じろぎもしないで、

「……もうひと月、会っていなくて」

と口惜《くや》しそうに答えた。

意外だった。

「そうですか、最後にお会いになったのはいつになりますか？」

「先月の十三日の晩です」

内田の携帯電話の通信が止まった六月十四日の前日だ。月曜日になる。

「その日は、どちらでお会いになりましたか？」

「いつもの……イタリアンの店で」

西蒲田にあるカプリという店で、気軽に旬の味を楽しめるという。

「あの、その日、十三日ですけど、内田さん、何か変わったご様子ありませんでしたか？」

慎重に言葉を選ぶ。

片岡は首を横に振った。「それがないんです。ぜんぜん、思い当たらなくて」

何が思い当たらないのだろう。

「その日以降、会っていらっしゃらない？」

「いません。何度も携帯に電話を入れたのに出てくれないし」意気消沈したように続ける。「アパートにもお店にも行ったんです。そしたら、もういなくなってしまっていて……」

「いつ行かれました？」

神村が口を開いた。

「次の日曜日だったと思います」

「何時ごろ？」

「午後の二時か三時くらいに」

内田が行方をくらました日は、ほかの証言と一致している。

「失礼ですけど、内田さんのアパートにお泊まりになったことがありますか？」

神村の質問に、片岡ははっとしたように頬を赤らめた。

「行ったことがなくて……でも、住所は知っていました。お店も」

「それまで、おつきあいされていたのですか？」

「短いあいだですけど、おつきあいしていました」

「どれくらいだったですか？」

「三月《みつき》くらい」

「どちらでお知り合いになりましたか？　やっぱり、内田さんの店で？」

「いえ、三月の中ごろ、蒲田駅で声をかけられて、それでおつきあいするようになったんです」

ピアノ講習の出張で大森《おおもり》から帰ってきたとき、ホームで声をかけられたという。

「どのような感じで、声をかけられましたか？」

「それがいきなり、お茶でも飲みませんかと言われて」

そのときに感じた混乱を思い返したように、かすかに首をふる。

「それで応じたんですか？」

「……はい」

「不躾《ぶしつけ》な言い方で申し訳ないんですが、男性から声をかけられるとすぐに応じますか？」

ズケズケと神村が口にしたので、片岡は口を引き結び、否定した。

「でもそのときは、応じたわけですね？」

「はい、何かこう切羽《せっぱ》詰まっているような感じだったので、わたしもつい、そうしないといけないと思って」

よく事情が呑《の》み込めない。

いきなり声をかけられたほうも、某《なにがし》かの感情をかき立てられたようだ。

蒲田駅構内にあるカフェレストランで、イチゴのタルトとリンゴのフルーツティーを飲んだという。

その店は知っている。エレベーターで四階に上がり、扉のすぐ前にある店だ。とるものもとりあえず、飛び込んだ様子が窺われる。

「そのときはどんなお話を？」

「お仕事や、ご自分のお客さんのことなんかを話して。わたしもすぐ調子に乗って、ピアノ教室のことや経歴なんかを口にしてしまって」

「すぐ打ち解けたわけですね？」

「はい、十分もかからないうちに」

その日のことを思い出したらしく、そわそわし出した。

「具体的に内田さんはどうお話しになっていましたか？」

「ずっと前から知り合いだったような気がするとか、そんな感じでした」

ナンパの常套句《じょうとうく》のような気がしないでもない。

「それで、あなたはどう感じた？」

「わりとすんなり受け入れてしまって」

「ごく自然な感じで相手から言われたからかな？」

神村が生徒に尋ねるような塩梅《あんばい》で訊いた。

「だと思います」

「不信感は感じなかったわけだ。それで、つきあいはじめたわけですね。どれくらいの頻度《ひんど》で会っていましたか？」

「週に二度は」

「そのイタリアンレストランで？」

「だいたいそうです。内田さんに連れていかれて」

「イタリアンはお好き？」

「はい。最初に会ったときにそう言いました」

「それで内田さんはお店を探したかもしれないね」

「はい」

「お店以外にどこか行きましたか？」

「映画とか買い物につきあってもらったり。わたしのコンサートにも来てくれました」

「それはどこであったの？」

「五月に大森の地域コンサートで。公民館でやった小さなものでしたけど」

「デートではほかにどんなことを話しました？」

「わたしの仕事の話が多かったような……教室だけでは収入が少ないので、かけもちのアルバイトでピアノの家庭教師をしていることも。地域コンサートの前にその話をしたら、ドレスをプレゼントしてくれました」

粋なことをすると思った。

そんなことをされたら、女性はすっかりその気になるだろう。

次の質問を催促《さいそく》するような神村の視線を感じて、美加は肝心《かんじん》な点を問いかけた。

「不躾だとは思いますが、内田さんと肉体関係はありましたか？」

片岡の顔が曇《くも》った。

「ないです」

意外だった。短いあいだとはいえ、そこまでつきあうようになったのに。よほどお互いがウブだったのだろうか。年齢からして、そうは思えないのだが。

「あの……」片岡は両膝に置いた手を伸ばした。「わたしのほうから一度、声をかけたんです」

「ホテルに誘った？」

片岡は二度三度と首を縦に振る。「わたしの言い方がまずかったのかしら……」

感情が乱れたらしく、美加は労《いたわ》るように片岡の肩に手を置いた。

「そんなことないと思いますよ」

呼びかけると、まっすぐこちらを覗き込んできた。

「とても、焦《あせ》っていたっていうか、そんな感じでした」

「あなたのほうから誘われて、内田さんが驚いたわけだね？」

神村が横から訊いた。

「だったと思います。きょうはだめとか、半年経《た》ったらいいとか……わけのわからないことを言い出して。でも、わたし……」

それきり、片岡は口を噤《つぐ》んだ。

「ひょっとして、それが別れるきっかけになったと思っていませんか？」

神村に言われ、図星《ずぼし》を指されたように片岡はうなずいた。

女性から肉体関係を迫られた男性がおののいて、別れる気になった？

それはどうだろう。そんな簡単なことで別れるなら、人類はとっくに滅亡していてもおかしくはないのでは？

「片岡さん」神村が呼びかけた。「そのときは別にして、ほかに内田さんはどんなことをあなたに言いましたか？　おかしいこと、驚かされたこと、印象に残っていること、何でもいいんですけどね」

片岡は口元に手を当て、しばらく考えてから、

「ときどき、変だなあと思うことがありました。青春を取り戻したいとか、そんなふうに口にするものですから」

「青春を取り戻す？　あなたと同じ年代ですよね。どうしたのかな」

神村も理解に苦しむように髪をごしごし擦る。

「六月初めだったかな」片岡は言った。「けっこう暑い日でした。内田さんは大きめなネルのシャツを着ていて。それで『シャツ一枚で外を歩きたい』みたいなことを言って」

その言葉を聞いて、神村は突風にあおられたように顔をのけぞらせた。

そんなに片岡は奇妙なことを言ったのだろうか。

何事かをしきりと考えだした神村を尻目に、美加は「話したこととか、そういうもの以外に気になったことはなかったですか」と質問をくり出した。

「そういえば」と片岡は言った。「三度目のデートだったと思いますけど、蒲田駅西口で待ち合わせをしていたとき、内田さんのスマホの画面を見て、ちょっと驚いた覚えがあります」

「内田さんは何を見ていたんですか？」

「わたしが卒業した小学校のホームページでした」

イタリアンレストランに行く前、約束した場所に内田は先にいて、スマホを見ていた。それをうしろ側から覗くような形になったので、それが見えたという。

「片岡さんのご出身は川崎でしたよね？」

「はい」

片岡は川崎市多摩《たま》区生田《いくた》にある小学校の名を口にした。

「卒業した小学校の名前を内田さんに教えたことはありました？」

「ないと思うんですよ。川崎出身という程度はお話ししましたけど、小学校まではとても……」

「そうですよね。ところで現在片岡さんのご家族はどちらにいらっしゃいます？」

「川崎の街中に引っ越しました。わたしも一緒に住んでいたんですけど、教室の都合で蒲田で働くようになって、いまではこちらに住んでいます」

「そうだったんですか」

教室の時間が近づいてきましたと言って、片岡は席を立った。

小学校の名前を訊き出して、神村も勢いよく立ち上がった。

礼を述べ、思い出したことがあればいつでも電話をくださいと言って店を出る。神村は胸を張り、先だって歩いていた。

署がすぐ近くなので寄っていきますかと尋ねたが、「いや、このまま小学校に直行しよう」と言った。

「片岡さんから教えられた小学校に？」

「ほかにないだろ」

「でも……」

そんなところに行って、どうする気なのだろう。

「行けばわかるぞ」

しめしめという感じで神村が言う。

「何がわかるんですか？」

「捜し人の正体」

またしても唐突で意味が取れない。

内田についての手がかりになりそうな証言はひとつもないのだ。

神村はウズウズしたように駐車場へ戻る道を急いだ。

アスリートに乗り込み、カーナビに教えられた小学校の番地を入力する。

環八経由で高速道路を利用し、およそ五十分と表示された。

10

小学校は川崎市の最北端にあり、生田緑地の真西三キロほどのところにあった。昼前に到着したので、大方の教師は授業に出ていて、職員室はがらんとしていた。首の太い口を半開きにする癖のある下谷《しもたに》という副校長に校長室に案内される。白いものが目立つ髪をきちんととかした校長が、生徒によるイタズラか何かの報告だろうかと心配顔で、生徒の描いた似顔絵の色紙を背にしてソファに腰を下ろした。

杞憂《きゆう》を一掃するべく「事件、犯罪ではなくて、かなり昔、こちらを卒業された方からお話を聞きましたので、確認がてら寄らせて頂きました」と美加は切り出した。

校長は身を乗り出して、

「どんな内容になりますかね？」

と用心深い構えを崩さない。

「校長先生、そう緊張なさらないでください」神村が口を開いた。「どこにでもある話ですけども、うちの管内で行方不明の方がいらっしゃいましてね。その方のお知り合いがこちらご出身だったものですから、藁《わら》をもつかむ思いで参上させて頂いたようなわけでありまして」と深々とお辞儀《じぎ》をする。

やや打ち解けた感じで校長は、

「そうだったんですか、どなたになります？　年次やお名前はおわかりですか？」

神村が名前と卒業年次を告げ、スマホにある片岡結衣の写真を見せる。

校長とふたりして覗き込んでから、副校長がアルバムを持ってきてみましょうと言って席を立った。

すぐ戻ってきて、卒業アルバムを机に広げる。

片岡結衣はすぐに見つかった。六年二組だ。

「道々写真を見て、思い出したんですけどね。わたしはこの学校へは二度目の赴任《ふにん》になるんですけど、最初の赴任のとき、ちょうどこの片岡結衣の担任をしていましたよ」

懐《なつ》かしげに下谷は言った。

「それはラッキーでした。片岡さんは、どのようなお子さんでしたか？」

「どちらかというとおとなしめだったですね。成績も上位で、そうそう音楽が秀でていましたよ。音楽会ではいつもピアノ担当でしたしね」

「そうでしょう。いま、それをご職業にしていらっしゃいますからね」

現在の片岡の職業について美加が話すと、副校長は感慨深げにうなずいた。

「ですよね、やっぱり。それで蒲田にね。あの子は小さいときから才能があったんだ」

感心したように口にする。

「それでね、先生。こちらのお写真に見覚えはないですかね？」

神村がスマホを操作して見せたのは、松谷からもらった内田の写真だった。

え、なんですと興味深げな顔で眼鏡を外し、顔面に近づける。

「……ああ、こりゃ、あの子ですよ、えーと、ほらほら」と下谷は額《ひたい》に手を当ててしきりと思い出そうとしている。「……白石《しらいし》だ、そうそう白石」

いきなり見知らぬ名前を副校長が口にしたので、驚いた。

神村は、しきりとアルバムをめくりだした副校長の様子をさも当然とばかりに平静な顔で見守っている。

下谷は数ページあとのアルバム写真に顔を近づけて、そのうちのひとりに指を当てた。

「この子この子、ね、白石、白石千穂《ちほ》ですよ」

下谷はあてがっている指を離さない。校舎の前で撮られた集合写真だ。先生を真ん中にして二段目の右から三人目。ショートヘアの女の子のようだ。

写真と対になっている氏名欄には、白石千穂とある。

わけがわからなかった。

「拝見」

神村がアルバムをこちら向きにして覗き込んだ。

美加も顔を近づけた。

どことなく勝ち気そうな、まっすぐな眉の女の子だった。ショートヘアで水色のパーカーを着ている。見つめているうちに、奇妙な感慨が湧いてきた。

この子はどこかで見ている……。

脇に置いた神村のスマホを見やった。

そこに写っている内田茂。面長の顔付き、そしてやさしげな眼差《まなざ》し。

ひょっとして、内田茂って、この白石千穂？

考えがまとまらない。

内田茂は男性ではなく女性だった？

それを神村は見越していた？　ここに来るまでの浮かれたような様子は、そのためだったのだろうか。

片岡の口から小学校の名前が出たときから、すでに見越していたのか。

でもどうして？

内田茂がここに写っている白石千穂という女性だったとしたら、どうして内田は白石千穂と名乗らなかったのか？

はっとした。

内田はずっと前から片岡を知っていたような気がすると言っていた。

あれは事実を指していたのだとしたら？

でも、それについて内田は真実を伝えなかった。

それは異性として片岡と出会ったから？

ほかにうそをつく動機はあるのか？

「六年四組だったわけですね」

神村が下谷に確認を求めている。

「そうですね、そうみたいです」

「先生は白石千穂について、ご存じですか？」

「直接担任じゃなかったから、ご家庭のことまでは知りませんけど、どうだったのかな……片岡くんと仲がよかったのかな……」

下谷も混乱を隠せないようだ。

当然だった。

神村が見せた写真は、見かけ上完全な男性だったのだから。

「それにしても、ずいぶん男っぽいですね」

予想どおりの質問を下谷が口にしたので、神村は少し覚悟を決めたように、

「実はですね。この子がかりに白石千穂だとすると、それを隠して別人になりすましています。しかも男性として」

下谷が目を丸くして神村を見た。

となりの校長にちらちら視線を送りながら、

「男……ですか？」

と疑問を口にする。

神村が内田茂の職業や住まい、行方不明になったときの状況をかいつまんで話すと、
下谷はえー、と額に手をやり、うつむいてしまった。

「ご覧頂いたように、ほぼ完全に男性になっています。性転換手術を受けたかもしれません」

校長と副校長は絶句したように、互いに顔を見合わせた。

「小学生当時の白石千穂について、どの程度までご存じですか？」

あらためて神村が訊いた。

「算数と理科を受け持ちましたけど……待てよ、体育が群を抜いていたな。五十メートル走なんか、男の子顔負けだったし、水泳教室でもすごい速くて目立っていたような覚えがありますよ」

「ほかはいかがです？」

「ちょっと怒りっぽいっていうか、ささいなことで男の子とケンカしたり。元気がよかったな」

「女の子というより、どちらかというと男の子っぽい子だったということですか？」

下谷は腕を組み、うーんと洩らした。「……ですねぇ、そうでした。いま思えばたしかに……」

ふむふむとうなずいている。

「よくわかりました。白石千穂さんのご家族の連絡先はおわかりでしょうか？」

「わかると思いますよ」黙って見ていた校長が言った。「すぐ調べて差し上げなさい」

「あ、それから、ご友人も」追いかけるように、神村がつけ足す。

「はい」

素早く立ち上がると、副校長は職員室に向かっていった。

「このアルバムはお借りしていってもよろしいですか？」

「かまいません」

「助かります」

しばらくすると、メモ用紙を持って副校長が戻ってきた。

学校をあとにして、アスリートに乗り込む。

「先生はやっぱり内田が性転換手術を受けていたと思われますか？」

美加は訊いた。

「じきにわかる」

神村は言ったきり、車窓に目を向けて黙り込んだ。

11

その短い髪の女性は、オーバルの黒縁眼鏡をかけ、客が座る革製の椅子《いす》の背もたれに手をかけて壁際のテレビを眺めていた。五十代前半。細身でえんじ色のTシャツに、太めのサッシュベルトをしめたロングスカート姿だ。客はいなかった。

ガラスドアを押し開き、美加は呼びかける。

「白石町子《まちこ》さんですね？」

いきなり見知らぬ人間から名前で呼ばれ、白石は額に深い横ジワをつくり、こちらをふりむいた。

「そうですけど」

警察手帳を見せ、千穂さんについて調べていますと言うと、とたんに顔を曇らせ、何事もなかったようにテレビに顔を向けた。

ここは小田急線登戸《のぼりと》駅の南に広がる住宅街の一角にある美容室シライシの店舗だ。こぢんまりしている。内田茂こと、白石千穂の母親が経営している店で、設備はかなり古く、客用の椅子は二脚あるだけだ。

「白石千穂さんのお母さんでいらっしゃいますね？」

もう一度呼びかけると、華奢《きゃしゃ》な腰元に手をかけ、ふたたびこちらに向き直った。

「そうですけど……何か？」

ここは慎重に切り出さなくてはならない。

「いま千穂さんが住んでいらっしゃるお住まいはご存じでしょうか？」

町子は目線を外し、ちらっと鏡に映る自分の姿を見やった。

「……いえ」

無表情を装《よそお》っている。

「そのお住まいから千穂さんがいなくなり、所在がわかっていません。いま捜しているのですが、いっこうに見つからなくて困っています」

町子は所在なげに鏡の前のヘアケア用品の配置を換える。

「あの子とは離れ離れなので、わかりません」

「お離れになったのは、いつになりますか？」

「もう五、六年になるかしら」

視線を合わせず、手を動かしながら答える。

「千穂さんがまだ女性だったころですね？」

町子がはっと息を吞むのがわかった。

「お母さんの影響でしょうか、高校を卒業した千穂さんは、美容学校を出てから、川崎駅東口の小川町にある美容院で働き始めたとお伺いしていますが、間違いないですか？」

ここに来る前、白石千穂のふたりの同性の親友と会い、当時の千穂に関するくわしい話を聞いてきたのだ。父親は外で女を作り、千穂がまだ幼稚園のころに離婚して、女手ひとつで千穂を育ててきたらしかった。兄弟はいない。

「……だったらそうじゃないかしら」

ツンとした感じで答える。

「そのころはもう、男性っぽい服装でお仕事をされていたようですけど」

町子の顔に困惑と悔《くや》しさの入り交じったようなものが浮かんだ。

「それについてはお話しすることはないです」

神村がふいに動き、町子の前の椅子に腰掛けた。

「お母さん、ちょうどいいや、ちょっとカットしてもらえる」

鏡に映る自分の顔をしげしげと眺め入っている神村を見て、町子は困惑した顔で美加を見た。

神村に急《せ》かされて、仕方なさそうにうしろに回り、腰をかがめてその髪に両手をあてがいバランスを見はじめた。方針が決まると髪に手をかけ、ほぐしにかかる。左手に櫛《くし》を持ち、はさみでカットを始めた。

心地よさそうに神村が目を閉じる。

髪を切る音だけが伝わる。

「……娘さんがそれっぽいと気づいたのは、やっぱり小学校の高学年ぐらいから？」

神村がひとりごちるように言う。

「そうね。すごく活発だったし」

仕事に入った町子は、自分の素を見せるように素直にそう言った。

「女の子の服、着たがらなかった？」

「もう、ぜんぜん。中学はスカートがいやで、ずっとジャージで通したし」

「高校も？」

「ううん、高校はずっとセーラー服で通したみたい。胸ポケットにいつもカッターナイフ入れてね」

どきりとした。さらりと口にしながら、町子はカットに集中する。

イジメに遭《あ》ったとき、抵抗するためだろうか。

それとも自傷行為に走るため？

町子が続ける。「お母さん、女の子を好きになったことはあるって訊かれて、もうびっくりしちゃって」

神村が薄目を開いた。

「いつの話？」

「小学校五年か六年？」

正確には覚えていないようだ。

「お母さんは何て答えたの？」

「あるわけないって」

ほんの一瞬、はさみの動きが止まった。

千穂は素直に自分の真情を吐露《とろ》したのだろう。

しかしまだ性同一性障害に対する知識の欠片《かけら》もない幼少期だ。言下に母親から否定されて、千穂は戸惑《とまど》ったに違いない。

「その相手は知っていた？」

「えっと……何て言ったかな……」

記憶にあるようだ。

「片岡結衣さんじゃありませんか？」

美加が声をかけると、町子は、

「そうそう、その子その子」

と声を上げた。

やはりそうだった。

内田茂こと白石千穂は、今年の三月、蒲田駅で初恋の人、片岡結衣と再会して思わず声をかけた。しかし、そのときはもう、千穂は男になっていたので、結衣は小学校のときの同級生などとは夢にも思わなかった。

ふたりはその後、交際を重ねたものの、肉体関係を持ってもいい間際になって、内田のほうが拒絶するような形で別れてしまった。

そのあたりの細かないきさつは、内田しかわからない。

「お母さん」神村が目をつむったまま言った。「カミングアウトされたのはいつ？」

町子がはさみを動かす手を止めた。

じっと鏡に映る神村の顔を見ている。

「二十二のとき」町子がぞっとするような顔で言った。「医者の診断書持ってきて、おっぱい切って男の子になりたいって」

まだそのときの衝撃が残っているような顔付きだった。

「それで、何て言った？」

町子は元のようにはさみを動かす。

「レズビアンならOKって言ったのよ。でもね、体を切り刻んで男になるのだけはやめてって」

テコでも動かないような口ぶりだ。

いまでも、この母親は娘が性転換手術をするのを認めていないのだ。

ふと、内田茂が通っていたトレーニングジムのロッカーにコンプレッションスーツが残されていたのを思い出した。あれは女だった内田が、胸のふくらみを抑えるために使っていたのではないか。

「お母さんも辛《つら》かったね」

神村が声をかけると、町子の白目が赤くなり、目尻に細い涙が伝わった。

悲しみというより、もどかしさのつのった涙のように見えた。

母親によっては、そのような子どもを産んだ自分を責める人もいると聞く。見かけの体と心が食い違うのを間近に見て、肉親ならなおさら認められないだろう。親も子どももたどるべき道を失う。

町子は六年前に、さんざん罵《のの》りあった日のことを話してくれた。

胸がふくらんでいるのが嫌で嫌で仕方がない。恥ずかしい。どうしてこんな体に産んだんだ。町子は言った。男になりたいなんて金輪際《こんりんざい》認めないし、そんな子はわたしの子じゃない、お前を殺してわたしも死ぬと。堂々めぐりが続いてある日、千穂は家からいなくなった……。

それから十分ほどでカットが終わると、神村は金を払った。娘さんは心臓が悪くて不整脈を患《わずら》っていたかと問いかけると、体だけは人一倍強くて、心臓病など聞いたことがないと町子は答えた。

やるせない気分で店を出る。母親はいまだに娘の本来の性を認めず、娘はそれに逆《さか》らって生きていくことを決意した。内田茂という男の戸籍まで手に入れて別人に生まれ変わろうとしていたのだ。

しかしその内田茂こと、白石千穂はどこに消えたというのか。

アスリートに乗ると、美加は内田が使っていたコンプレッションスーツの使い道について切り出した。

「おそらく西尾が想像しているとおりだな」と神村は言った。「以前は猫背だったのも、胸のふくらみを隠すために自然とそうなっていたかもしれない」

性転換手術を受けて乳房を切り取ったために、それを隠す必要がなくなって、自然と背筋が伸びたということだろうか。

「シャツ一枚で外を歩きたいと内田は言っていましたね」

「ああ、青春を取り戻したいともな」

「そうでした……あれは」

一日も早く肉体的に男性に生まれ変わり、本来あるべきだった自分の青春を謳歌《おうか》したかったという意味にも取れる。

「性転換手術を受けたとしたら、時期はいつでしょう？」

「半年後ならセックスしてもいいと内田は言っていたぞ」

「そうでした。となると、男性器の形成手術も受けるだろうし……」

神村は手で会話を遮《さえぎ》った。「その前に、いろいろとやらなきゃいかんことがある」

「乳房除去手術の前にですか？」

「ふつうは男性ホルモンの投与を受けてからだ。それもごく最近、ここ三月ぐらいだろう。結果はすぐ出るみたいだからな」

「……それで筋肉がついたんですね」

ジムの仲間だった竹之内が、ここふた月ぐらいで一気に筋肉がついたと言っていた。あれは男性ホルモンの投与を受けた結果なのかもしれない。

「それより、殺し屋を捜すのが先決だぞ」

ぞくっとした。竹之内によれば、内田は『あいつに殺されるかもしれない』と言っていた。

もしそれが当たっているとするなら、犯人はどこにいるのだろう。

12

「一番街あたりのホステスのあいだじゃ、杉戸クリニックの評判はよくないね」

小橋が言った。

「ほう、そうですか」

神村が答える。

刑事課はほとんどの課員が戻り、ざわついている。

報告をする刑事たちが倉持課長の机を囲んでいた。

「風邪《かぜ》ひきくらいでも、ろくに話も聞かないで強い薬を出すみたくてね」

「院内処方ですね？」

「そうそう、診察時間より薬を出す時間がかかるっていうのもあって、患者は少ないね」

「いまどき、致命的ですね」

「そうだね」

「開業はいつですか？」

「去年の十一月」

「まだ一年経っていないか」

「ほやほやだよ。それから年のいったほうも医者だったよ」

あの半白髪の紳士然とした人物だ。

「それはわかってますよ」

小橋が身を乗り出した。

「ところがさ、あの医者の父親だぜ」

神村はさして驚きもせず、ふむふむとうなずいている。

青木はいなり寿司をぱくつき、ペットボトルのお茶でぐびぐびと流し込んでいる。

「親子で開業したんですか？」

美加が口をはさんだ。

「いや、父親が来たのはこの六月だよ。杉戸将昭《まさあき》って言います」

「来たばかりですか……」

小橋が美加のほうを向いた。

「長いこと宇都宮の病院に勤務していて、二、三年前に六十五で退職したようだな」

「それで娘さんが開業したので、手伝いに？」

「そんなところらしい。ほとんどの診察は娘がやるが、立て込んだときだけ親父さんが手伝うみたいだけどね」

「美容整形のほうはどうでした？」

神村が尋ねた。

「そっちなんだけどさ。むしろ、そっちが本業みたいだぜ。クリニックから出てきた患者を三人ほどつかまえて話を聞いたけど、二十三歳の女が二重《ふたえ》まぶた形成、三十代と四十代の女が顔へのヒアルロン酸の注射だった」

「それって、小ジワを消すためです」

美加が解説した。

「そっちのほうが、手っ取り早く稼《かせ》げるしな」

神村がまんざらでもない顔で言う。

「取引先関係はイベちゃん」

小橋に催促され、青木が口を開く。

「薬の納入業者は、かなり叩かれるといってぼやいていました。それと今年の一月はクリニックの家賃を滞納《たいのう》しています」

「実績がないからカツカツだったのかな？」

「かもしれないですね。それと、ちょっと気になる取引がありましたよ」

そういって青木が差し出したメモを神村はしげしげと眺めた。

ようやく謎が解けたとばかり、神村は勢いよく席を立った。

課長席に歩み寄ると、そこにいる捜査員たちに声をかける。

「ミズキ荘周辺の防犯カメラの映像、ちょっと見せてくれないか」

「なんだ、いきなり」

倉持が顔を上げて神村を睨《にら》みつけた。

「あ、チュウさん、ほかでもないんだけどさ、至急見たいんだよ」

ぶすっとした表情で倉持が手前にいる課員に、見せてやれと声をかけた。

課員はこっちにと神村を案内した。

13

週明け、月曜日。

サマースーツに身を包んだ杉戸将昭がクリニックのある雑居ビル近くに姿を見せたのは、午前九時半だった。階段の手前で神村が呼びかけ、そのまま奥に誘う。

「何かね」

将昭が面食らったように訊いてくる。

「時間は取らせないですから」

神村が言い聞かせるように言うと、将昭はきちんと締めたネクタイをただすように指をあてがった。

「娘さんのクリニックについて二、三確認させてください」

「それなら上で訊いてくれ」

すり抜けそうになったので、神村が押しとどめた。

「あなたに用事があるんです」

「わたしに？」

思いがけないことを聞いたというふうに眉を上げる。

「そうです。あなたです」

「まあいい」諦《あきら》めたように肩で息をつく。「早くしてくれ」

「まだ患者さんは入っていないですよ」

「わかったようなことを」

「あなた、内田茂を知っているね？」

「誰なんだ、知らんぞ」

首を横に振ったので、とかしつけた将昭の横髪がほつれた。

「あなたが手術に立ち会った患者ですよ」

「手術にだと？」

「六月十四日火曜日、この三階のクリニックの手術室で、午後四時半から始まった内田茂の乳房除去手術です」

将昭は鼻の穴を広げ、小馬鹿にしたような顔で神村を見た。

「そんなものはしとらん」

「おかしいな。その前の週に、クリニックは電気メスを納入させている。これは手術に使うためでしょ？」

「そんなものは知らない」

「知らないはずがないでしょ。金はあなたが払っているんだから」

ぎくっとしたように将昭は喉仏《のどぼとけ》を動かした。

「どうですか？　手術をやりましたよね？」

「手術などと大げさなことを……」

一転して認めた。

「宇都宮の病院で外科手術を手がけていたあなたにとっては、手術のうちに入りませんか？」

自分の過去について触れられ、将昭の表情が翳《かげ》った。

「あくまで美容整形だよ。それ以上でも以下でもない」

「いや、正確には性転換手術の一環になります。胸を真一文字に切り開き、脂肪《しぼう》と乳腺《にゅうせん》の塊《かたまり》を取り出すわけですから」

「……そういえば」

「娘さん、理恵さんが執刀《しっとう》しましたね？」

将昭は渋々うなずいた。

「どれくらいの時間がかかりましたか？」

「一時間かそこらだろ」

「あなたも補助についたわけですね？」

「待機はしていた。でも、あんなものは手術のうちに入らん。娘ひとりで十分だ」

「それでも気になって、ずっと手術台に張りついていた。違いますか？」

将昭は目線を外した。

「順に話をしましょう。内田茂が男性への性転換手術を受けるために、クリニックを訪ねたのは今年の二月だった」神村が言った。「杉戸理恵さんはすぐに応じて、さっそく治療に入った。まず、二週間に一度の男性ホルモンの注射だ。これが効いた。五月までのたった三月で、それまで女だった内田茂の体はみるみる男性のそれになっていったわけですよ」

体の丸みが取れ、ジムでのトレーニングのおかげもあって筋肉がついた。もともと、ボリュームのある胸をしていた内田は、体型を隠すため、強い力で胸を締めつけるスポーツインナーを使っていたのだ。

「性転換するための治療や手術は保険の適用外だから、かなりの金が要《い》る。内田はアロマテラピーの店を出したりして、出費が重なっていたので、サラ金にまで手を出したんです。それでも杉戸クリニックを選んだのは、格安で手術を施《ほどこ》してくれるという噂があったからですよ。通常なら乳房の除去手術は最低でも五十万円。しかし、杉戸クリニックなら三十万円で請け負うという噂が」

将昭はしきりと視線を動かした。

「内田はその噂に飛びついた。そして、格安でホルモン治療を受け、いよいよ最後の仕上げ、乳房の除去手術に踏み切った。そういう流れでよろしいですね？」

「くわしいことは娘に訊いてくれ」

「乳房の除去手術を隠そうとしたのは、あなただろ？」

「わたしが？」

「内田茂は不整脈など患っていない。ワーファリンは確かに投与されていたが、それはあくまでホルモン治療による副作用を抑えるためだった。われわれが最初に訪ねたとき、娘さんはそうは言わず、不整脈の治療と平気で偽《いつわ》った。それはあなたの差し金ですね？」

「どうしてそんなことを……」

言葉が続かない。

「内田の乳房の除去手術については、なかったことにしなければならない事情があったからだ」

「………」

「手術は成功したんですか？」

あらたまった調子で神村が訊いた。

「だから、あんなものは手術じゃないと」

「成功したのか失敗したのか、どっちだ？」

神村が声を荒らげると、将昭はうなだれた。

「もう一度尋ねる。手術をしたのは娘さんだね？」

かすかに将昭はうなずいた。

「娘さん、はじめての手術だったね？　どうでした、手際は？」

「そ……それは」

言葉遣いが乱れた。

「失敗した？」

「いや……手を出すなと言われて」

医師として未熟ながらも、プライドが先に立ったのだ。

「乳房の除去手術が終わって、麻酔から目が覚めた内田を娘さんはあなたが運転する車で彼のアパートに送り届けた。アパート着は午後九時十分前後。とりあえず布団に寝かしつけてから、娘さんはアパートの鍵《かぎ》をかけて、ガスメーターの後ろのケースにしまってから立ち去った」

アパート住民の再度の聞き込みの結果、内田は部屋の鍵をその場所に隠しておく習慣があるという証言が得られていた。

「問題はそのあと起きた」神村が続ける。「あなたは内田の容態が心配で、夜中の午前零時過ぎ、こっそり内田のアパートに出向いた」

ミズキ荘近くにある寺の駐車場に車を停めるのを防犯カメラが捉《とら》えていたのだ。

「わたしがどうして？」

目を見開いて訊いてくる。

「失敗した手術をつぶさに見ていたからですよ。いずれ、彼から助けの電話が来るに違いないと予想してクリニックの電話に張りついていた。しかし来ない。心配で仕方なくて、やむにやまれずアパートに舞い戻った」

将昭は固まったように動かなかった。

「娘さんはそのとき、近くの住まいのマンションでこんこんと眠りについていた。生まれて初めての大がかりな手術で疲労困憊《ひろうこんばい》していたせいでしょう。そしてあなたはアパートで、変わり果てた内田の亡骸《なきがら》を見つけた……」

将昭はよろめき、壁に体をもたせかけた。

否定しなかった。

助けの電話をかけることもできず、内田は息絶えていた……。

内田が言っていた殺し屋の正体は杉戸理恵にほかならなかった。乳房切除のあと、男性器形成の手術も受ける予定だったはずだ。それも廉価で提案され、ほかの医療機関に乗り換える選択肢はなかったのだ。

「クリニックには、あなたが長年使い慣れた手術道具一式を置いていた。万が一を考えて、あなたはそれを携《たずさ》えていった。もちろん、使わなければよいと祈りながら。しかし、そうはならなかった」

内田の亡骸を風呂場で解体し、いくつかのビニール袋に小分けして収め、トランクに詰めた。そのうちのひとつが破れて、板の間と畳《たたみ》にこぼれた。それを雑巾《ぞうきん》でぬぐい取ったが、完全にはとれなかった。

「ドアノブをはじめとして娘さんが触ったと思われるところはすべて拭いて、娘さんがいた痕跡を消した。翌日、アパートの部屋とセラフィスの片付《かた》けをするよう便利屋に依頼した。両方空になってから、あなたは内田の名前を騙ってふたつの不動産屋に、すでに退去したと電話を入れた。その業者、昨日ようやく見つけましたよ」

目を点のようにして、将昭は神村を見つめる。

「あなたは彼が偽りの戸籍を取得して、内田茂という人間になりすましていたのも知っていた。彼を亡き者にしても、誰もわからないと思っていたんだよね」

将昭の顔が歪《ゆが》んだ。

それが死体遺棄まで踏み込ませた一因になったに違いない。

「死体遺棄について、娘さんには言ってないよね？」

「あ……」

それまで高圧的だった将昭の態度は失《う》せ、救いを求めるような表情になっていた。

「娘さんについて調べさせてもらいました。かつての名前は杉戸秀彦《ひでひこ》。彼女……男性だったんですね？」

将昭は何も言わない。黙って神村を見つめている。

「三年前、埼玉の医科大学で性転換手術を受けて、名前も理恵に変えた。もともと、性同一性障害だった秀彦さんは、自分と同じ悩みを持つ人たちのために医者になると幼いころから決めていて、私大を出て医者になった。そして、自らが性転換手術に踏み切って、長年の夢を実現するためにクリニックを開業した。資金はすべてあなたが持ちましたよね」

かすかに将昭はうなずいた。

初対面のとき、神村は杉戸理恵が性同一性障害であるのを見抜いていたのだ。

「そして、いよいよ本物の手術に理恵さんは踏み切った。ところが、予想していた通り散々な出来だった。そして最悪の結末に至った。それらをすべてなかったように蓋《ふた》をして、内田の存在を理恵さんの前から消し去った。どうしてそこまで娘さんのためにしたんですか？」

「それは……」

口を半開きにして、通りを見つめる。

「お答えください」

虚《うつ》ろだった目に意思の力が戻り、神村を見据《みす》えた。

「まずいだろ。最初の手術で失敗したら、自信を失うじゃないか……」

耳を疑った。

それを隠蔽《いんぺい》するために、死体を切り刻み捨てたというのか。いいかげんな手術を行ったのが露見《ろけん》すれば、警察から業務上過失致死の疑いをかけられ、医師免許も剝奪《はくだつ》される可能性があった。それだけは何としてでも避けなければならなかった。そうした事情も頭をよぎっただろう。

神村が死体の遺棄場所を尋ねると、東京湾に捨てたと将昭は答えた。

夜に捨てたので、その場所は自分自身もわからないという。

目の前にいる父親は、我が子がその障害を持っていると知ったとき、どれほど驚いたことか。そして、内田茂こと、白石千穂の母親はそのことと折り合いがつかず、いまだに我が子本来の姿を認めていない。しかし、将昭はそれとは逆であるようだった。性転換を認めるまで、長いあいだ親子のあいだには葛藤《かっとう》があっただろう。それが死体遺棄という大罪につながったように思えて仕方なかった。

障害を認めた上での、さらなる親の愛情が裏目に出たのかもしれない。

青木と小橋にはさまれて、階段の横を離れる将昭は、一度に年を十歳近くとったように、枯《か》れた老人の足取りになっていた。

「心と性が一致しない人は辛いですね」美加は言った。「あまりまわりにはいないし、外見からではわからない」

「違うだろ。近くにいても見えないだけだ」

神村はふっと息を吐いて、その場から動いた。

そのとおりかもしれないと美加は思った。

〈参考文献〉

上野正彦『ずっと死体と生きてきた。』KKベストセラーズ（二〇〇一年）
信田さよ子『傷つく人、傷つける人』集英社（二〇一三年）
スーザン・クークリン 訳／浅尾敦則『カラフルなぼくら』ポプラ社（二〇一四年）
毎日新聞「境界を生きる」取材班『境界を生きる』毎日新聞社（二〇一三年）

このほか、新聞雑誌記事を参考にしました。

初出

死の初速　「読楽」２０１６年6月号
小菊の客　「読楽」２０１６年8月号
掟破り　「読楽」２０１６年10月号
虹の不在　「読楽」２０１６年12月号、２０１７年1月号

本作品はフィクションであり実在の個人・団体などとは一切関係がありません。

徳間文庫

第Ⅱ捜査官

虹《にじ》の不在《ふざい》

2017年2月15日 初刷
2020年5月31日 2刷

著者 安《あん》東《どう》能《よし》明《あき》
発行者 小宮英行
発行所 株式会社 徳間書店
東京都品川区上大崎三-一-一 目黒セントラルスクエア 〒141-8202
電話 編集〇三(五四〇三)四三四九 販売〇四九(二九三)五五二一
振替 〇〇一四〇-〇-四四三九二
印刷 製本 大日本印刷株式会社

ISBN978-4-19-894192-5 (乱丁、落丁本はお取りかえいたします)

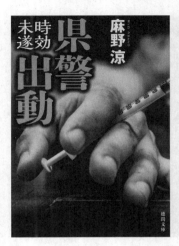